OB

**WLADIMIR**
## KAMINER

Meine Mutter, ihre Katze
und der Staubsauger

GOLDMANN
Lesen erleben

<u>Personen, Tiere und Geräte, die in dem Buch eine wichtige Rolle spielen:</u>

*Die Familie:*
- Meine Mutter
- Meine Tante aus Kreuzberg (die Schwester meines Vaters)
- Meine Tante aus Donezk (die Tochter der Schwester meines Großvaters)
- Meine Oma aus Odessa (die Mutter meines Vaters)
- Die jüngere Schwester meiner Mutter

*Der Freundeskreis meiner Mutter:*
- Die Kommunisten-Oma (ehemals Dissidenten-Tante)
- Die Musik-Oma (war mit einem Schwaben verheiratet)
- Die Reise-Oma (hat viele Freunde bei dem Reisebüro »Vorwärts!«)
- Die Putzfrau Nina aus Litauen

*Die Mitbewohner meiner Mutter:*
- Die psychisch labile Jagdkatze Wassilissa
- Eine rotbeinige Schildkröte namens Lena
- Der ständig verliebte Staubsauger Wasja
- Eine sprechende Gesundheitsuhr
- Ein Fahrradtrainer mit vergifteten Griffen
- Ein Fernsehgerät mit 120 Programmen

Weitere Informationen zu Wladimir Kaminer sowie zu lieferbaren Titeln des Autors finden Sie am Ende des Buches.

# WLADIMIR
# KAMINER

## Meine Mutter, ihre Katze und der Staubsauger

GOLDMANN

Penguin Random House Verlagsgruppe FSC® N001967

4. Auflage
Taschenbuchausgabe Juni 2018
Copyright © der Originalausgabe
2016 by Wladimir Kaminer
Copyright © dieser Ausgabe 2016
by Wilhelm Goldmann Verlag, München,
in der Penguin Random House Verlagsgruppe GmbH,
Neumarkter Str. 28, 81673 München
Umschlaggestaltung: UNO Werbeagentur, München,
unter Verwendung der Gestaltung und Konzeption
von buxdesign | München
Autorenfoto: © Urban Zintel
AB · Herstellung: kw
Satz: Uhl + Massopust, Aalen
Druck und Bindung: GGP Media GmbH, Pößneck
Printed in Germany
ISBN 978-3-442-48751-6
www.goldmann-verlag.de

Besuchen Sie den Goldmann Verlag im Netz

Alle Kapitel sind nach Wünschen und Träumen meiner Mutter benannt

# Fernsehen

Solange ich zurückblicken kann, haben sich meine Eltern gestritten. Zuerst dachte ich, sie täten es aus Besserwisserei, denn immer ging es darum, wer recht hatte. Als sie auch nach vierzig Jahren Ehe nicht aufhörten zu streiten, wurde mir klar, dass es möglicherweise um etwas anderes ging. Denn nach so langer Zeit sollte es wirklich jedem egal sein, wer recht hatte. Meine Frau behauptete, die Streitereien meiner Eltern seien eine Form von Liebe, eine extreme Form der Zuneigung, in der Zärtlichkeiten durch Anfeindungen ersetzt würden. Zum Glück hat meine Mutter das nicht gehört.

»Es war schon immer mein Traum, allein zu leben«, sagte meine Mutter entschlossen, nachdem mein Vater gestorben war. »Endlich kann ich die Ruhe genießen. Du weißt, dein Vater hat mich ein Leben lang terrorisiert. Wir passten überhaupt

nicht zueinander. Er ging immer so früh schlafen, dass ich keine einzige Fernsehserie zu Ende
schauen konnte. Jahrelang musste ich jeden Krimi
an der interessantesten Stelle ausmachen. Ich weiß
bis heute nicht, wer in ›Die Rückkehr des Spions‹
der Verräter war. Das Einzige, was deinen Vater im
Fernsehen interessiert hat, waren die Nachrichten
und Sport. Danach machte er das Licht aus und
schnarchte. Ich wäre auch gerne ins Ballett gegangen – ach, wie großartig ist die Ulanowa in ›Romeo
und Julia‹ über die Bühne geschwebt. Ich habe ja
viele gute Tänzerinnen gesehen, die hoch springen
und sich gut drehen konnten, aber alle liefen über
die Bühne, als würden sie zu spät zum Zug kommen. Nur die Ulanowa lief mit Herz. Aber sogar
wenn ›Romeo und Julia‹ im Fernsehen tanzten, lief
auf einem anderen Programm jedes Mal ein ver-
fluchtes Eishockeyspiel, die einzige Sendung, die
deinem Vater den Schlaf raubte. Es passte nie.«

In der Tat waren meine Eltern Menschen, die
unterschiedlicher nicht hätten sein können. Meine
Mutter liebte frische Luft, mein Vater schätzte die
Wärme. Meine Mutter machte stets alle Fenster
auf, mein Vater machte sie wieder zu. Meine Mut-

ter ging gerne spazieren, mein Vater saß lieber in der Sauna oder lag auf dem Sofa. Meine Mutter mochte Kartoffelpüree, mein Vater aß Kartoffeln nur gebraten.

Besonders schwierig war es am Wochenende, wenn Papa nicht zur Arbeit gehen musste. Er war ein lauter, streitsüchtiger Mensch. Er terrorisierte die Katze, sodass sie sich ständig unter dem Stuhl verstecken musste. Er terrorisierte die Tauben auf dem Balkon und die Nachbarn, aber in erster Linie seine Frau.

»Was hast du schon wieder gekocht! So etwas Ekliges essen doch normale Menschen nicht! Du kannst überhaupt nicht kochen!« Und so weiter und weiter.

Meine Mutter hat fast jedes Wochenende geweint.

Nach dem Tod des Vaters wurde es in der Wohnung erst einmal sehr still. Meine Mutter saß bis spät in die Nacht vor dem Fernseher. Alle Fenster waren offen, frische Luft strömte durch die Wohnung. Nach einer Weile kam auch die Katze unter dem Stuhl hervor und machte es sich auf den Knien meiner Mutter bequem. Ab und zu sprang das Tier jedoch herunter und lief zum Balkon, denn die Tauben waren zurückgekommen.

Meine Mutter erholte sich von fünfundvierzig Jahren Ehe. Sie ging spät ins Bett, schlief lange und gut. Doch dieses stille Leben war leider nicht von Dauer. Zwei Wochen nach seinem Tod erschien ihr Papa im Traum.

»Was hast du schon wieder gekocht«, wütete er, »Kartoffelbrei! Das sieht ekelhaft aus.«

Meine Mutter verteidigte sich, sie habe ja nur für sich selbst gekocht. Der Vater wollte ihr aber wie immer nicht zuhören und schimpfte weiter. Sie haben sich furchtbar gestritten. Im Traum hat meine Mutter ihrem verstorbenen Ehemann zum ersten Mal Böses gewünscht, obwohl er schon tot war und ihm niemand mehr etwas anhaben konnte. Seitdem erschien er regelmäßig in Mutters Träumen. Die Ruhe verschwand aus der Wohnung, die Katze versteckte sich wieder unter dem Stuhl, die Tauben flogen weg, und meine Mutter rief mich vormittags an, um zu erzählen, welche Frechheiten der Verstorbene sich dieses Mal wieder erlaubt hatte.

»Das ist wohl mein Schicksal«, meinte sie, »mit

diesem Menschen bis ans Ende meiner Tage zu streiten.«

Meine Frau sah ihre Liebestheorie bestätigt: »Du siehst doch selbst, sie können ohne einander nicht leben. Was kann das sein, wenn nicht Liebe?«, meinte sie.

»Erzähl das bloß nicht meiner Mutter«, bat ich meine Frau.

Meine Mama brauchte unbedingt Ablenkung. In einer russischsprachigen deutschen Zeitung las ich einen Bericht über ein neues erfolgreiches Modell, um russisches Fernsehen in Deutschland zu empfangen. Das Signal sollte nicht per Kabel empfangen werden, denn niemand wusste, wo diese russischen Kabel am anderen Ende aus der Erde kämen, und auch nicht per Satellit, denn die russischen Satelliten änderten manchmal von allein ihre Laufbahn und zeigten statt der Nachrichten irgendwelche Schweinereien. Das Signal sollte daher übers Internet kommen. *Kartina. TV* versprach 160 Kanäle mit Filmen und Serien aus der Zeit, als meine Eltern noch jung gewesen waren.

Hoffnungsfroh schenkte ich Mama *Kartina. TV* zu Weihnachten – jedoch mit schlechtem Gewissen. In der letzten Zeit hatte sie sich immer wieder beschwert, sie würde zunehmen, weil sie jetzt nur noch das kochte, was ihr selbst schmeckte. Ich sagte ihr, sie solle sich eben mehr bewegen und weniger vor der Glotze sitzen. Jemandem mehr Bewegung zu empfehlen und gleichzeitig 160 zusätzliche Fernsehprogramme mit Spielfilmen zu schenken ist, das gebe ich zu, nicht wirklich hilfreich. Mir schien es jedoch wichtiger, dass wieder Ruhe in das Leben meiner Mutter einkehrte.

Die ersten zwei, drei Tage nahm meine Mutter *Kartina.TV* mit Misstrauen auf. Sie brauchte etwas Zeit, um festzustellen, mit welchem Knopf welches Programm zu finden war. Danach war sie vom Sofa nicht mehr wegzukriegen. Alles, was sie in ihren Ehejahren verpasst hatte, holte sie jetzt nach.

»Stell dir mal vor, sie haben sogar ›Die Rückkehr des Spions‹ gezeigt! Jetzt weiß ich, wer ihn verraten hat«, freute sich meine Mutter am Telefon. »Die Ulanowa haben sie in ›Romeo und Julia‹ und in ›Schwanensee‹ auf Vorrat in der Mediathek, diese Aufführungen habe ich mir schon drei Mal angeschaut. Sie haben einfach alles!«, freute sich Mama. »Sie haben sogar alle alten olympischen

Winterspiele auf Speicher, sowjetisches Eishockey, wer hätte das gedacht? ›Das Wunder auf Eis‹ von 1980, als die Russen gegen die Amerikaner plötzlich drei zu vier verloren haben. Dein Papa hat damals furchtbar geschrien und wollte den Fernseher aus dem Fenster werfen. Ich schaue mir das Spiel natürlich nicht an, dein Vater hätte es aber sicher sehr gern noch mal gesehen.«

Seit *Kartina.TV* da ist, erscheint ihr Papa seltener im Traum. Und wenn, dann schimpft er nicht mehr, sondern sitzt mit einem beleidigten Gesicht auf dem Bett, schaut zur Decke, wartet und schweigt. Vielleicht hofft er insgeheim, dass sie sich einmal zusammen »Das Wunder auf Eis« von 1980 ansehen.

## Englisch lernen

Im Frühling, wenn die Uhren auf Sommerzeit umgestellt werden und die Kastanienbäume in unserer Straße die ersten Blüten bekommen, werden in allen Volkshochschulen der Stadt die Anmeldungen für die nächsten Kurse gesammelt. Alle, die weiterlernen oder einen neuen Kurs absolvieren wollen, müssen diese Formulare ausfüllen.

»Ich weiß nicht, ob ich mich fürs nächste Jahr wieder anmelden soll, ich bin schon viel zu lange in dieser Gruppe«, zweifelte meine Mutter. »Die Lehrerin wird mich bestimmt schräg angucken, wenn ich im September wieder erscheine.«

Seit 23 Jahren lernte meine Mutter an der Volkshochschule Lichtenberg Englisch, immer in derselben Gruppe mit derselben Lehrerin und demselben Programm: *present tense*, *present continuous*, *past perfect*, unregelmäßige Verben, weiter nach dem Lehrplan. Mit 83 Jahren war sie die älteste Englischschülerin in der Klasse. Das war nicht immer so. Früher gab es ein paar ältere Kollegen, die inzwischen aber weggestorben sind. Einer hatte sich sogar während des Unterrichts verabschiedet – wegen Herzversagen. Eine furchtbare Geschichte.

»Und wie lange bleibt mir noch zu leben«, philosophierte meine Mutter. »Ich glaube nicht, dass ich dieses Studium jemals beenden werde. Das Leben ist zu kurz, um richtig Englisch zu lernen.«

»Natürlich musst du dahin gehen, nächstes und auch übernächstes Jahr«, riet ich ihr. »Eine Sprache zu lernen braucht eben ewig. Es geht ja nicht nur um Grammatik, sondern um die Praxis, um mit jemandem Englisch sprechen zu können. Außerdem diszipliniert nichts einen Menschen besser als das Studium fremder Sprachen. Sonst würde man gar keinen Grund finden, morgens aus dem Bett zu steigen.«

Meine Mutter beschwert sich häufig, sie würde sich zu wenig bewegen, und wenn, dann meistens nur zwischen Küche und Fernsehsessel. Doch jeden Mittwoch steht sie früh auf, macht sich eine aufwendige Frisur und fährt durch die halbe Stadt nach Lichtenberg: *present tense, present continuous, past perfect,* unregelmäßige Verben. Als Hausaufgabe bekommt sie ein bestimmtes englisches Buch, das sie zu Hause lesen und dann vor der Gruppe mit eigenen Worten nacherzählen soll. Einen Krimi von Agatha Christie zum Beispiel, die Geschichte eines gescheiterten Banküberfalls. Meine Mutter muss sich dabei nicht allzu sehr anstrengen, denn die meisten Agatha-Christie-Romane hat sie bereits als junger Mensch in der Sowjetunion im Original gelesen. Sie lernte nämlich schon damals Englisch. Ihre Begeisterung für diese Sprache hatte sie an dem Tag entdeckt, als der amerikanische Präsident John Kennedy erschossen wurde und die Bilder dieser Tragödie um die Welt gingen. Meine Mutter hatte den Erschossenen zu dessen Lebzeiten sehr sympathisch gefunden. Er war oft im sowjetischen Fernsehen gezeigt worden, hatte ein unwiderstehliches Lächeln und direkt, aber unverständlich geredet.

Nach seiner Ermordung beschloss meine Mutter spontan, Kennedys Muttersprache zu lernen. Sie begann zuerst autodidaktisch englische Lehrbücher zu studieren, später machte sie in einer

Sprachschule weiter. Sie entdeckte in Moskau einen Buchladen mit englischsprachiger Literatur, las alle Agatha Christies weg und dazu noch ein paar Liebesromane unbekannter amerikanischer Autoren. Ihre Englischkenntnisse hätten ihr im Leben oft geholfen, erzählte sie. Als sie nach einem Streit von ihrer Mutter wegziehen wollte und dringend Geld für den Umzug und für eine eigene kleine Wohnung brauchte, bekam sie den Job, technische Texte aus dem Englischen ins Russische zu übersetzen. Es ging um Nebelvertreibung auf Flughäfen. Mit dem Geld, das sie für diese Übersetzungen bekam, konnte sie ein neues Leben beginnen.

Als sie in den Neunzigerjahren nach Berlin zog, fing sie an, von Deutschland aus die Welt zu erkunden. Sie reiste viel und gerne in fremde Länder: nach Spanien, Frankreich und in die Türkei. Überall verwendete sie ihre Englischkenntnisse als Mittel zur Kommunikation. Mit Erfolg. Erstaunlicherweise war meine Mutter bis dahin noch nie in England gewesen und hatte noch keinen einzigen Engländer kennengelernt oder gesprochen. Sie hatte London zwar schon immer besuchen und auf dem Trafalgar Square spazieren gehen wollen, doch die Reise war immer wieder verschoben worden.

Einmal stand sie kurz davor, zusammen mit ihrer Schwester, die aus Moskau nach Berlin zu Besuch gekommen war, den Ärmelkanal zu überqueren. Die beiden Frauen hatten eine preisgünstige dreitägige Busreise erworben, ein Besuch im Buckingham Palast wurde geplant sowie ein Spaziergang auf oben erwähntem berühmtem Platz. In Calais stellten sie jedoch fest, dass das Visum der Schwester, für Deutschland und Frankreich gültig, auf britischem Boden nicht galt. Meine Mutter konnte ihre Schwester in Calais nicht allein lassen, und so verbrachten die beiden die halbe Nacht in einem leeren Stadion auf einer Bank mit einer Flasche Wein. Sie hatten keinen Korkenzieher dabei, aber zum Glück konnte meine Mutter ja Englisch. Sie wusste, was Korkenzieher auf Englisch hieß, und bat einen vorbeijoggenden Franzosen um Hilfe. Am nächsten Morgen holte der Bus die zwei Schwestern ab und brachte sie zurück nach Berlin.

Den Traum einer Londonreise hatte meine Mutter auch danach noch, denn sie wollte endlich einmal mit einem Muttersprachler reden und nicht

nur mit Ausländern oder Freunden in der Volkshochschule. Im nächsten Kurs wollte sie sich etwas
mehr Mühe im Unterricht geben und dann noch
einmal den Versuch einer Reise auf die Insel wagen.

Meine Tochter, die auf ein Sprachgymnasium
geht und bereits etliche Engländer im Zuge eines
Schüleraustauschs kennengelernt hat, versuchte
mehrmals mit ihrer Oma Englisch zu reden – vergeblich. Sie behauptet nun steif und fest, Omas
Studium sei ein Fake, ein bloßer Zeitvertreib, in
Wirklichkeit könne Oma überhaupt kein Englisch.
Die Oma behauptet dasselbe von ihrem Enkelkind. Ich selbst beherrsche diese Sprache nicht, ich
weiß nicht, ob ich dem Kind glauben soll. Einer-
seits habe ich mehrmals englische Bücher auf dem
Schreibtisch meiner Mutter gesehen, anderer-
seits weiß ich nicht nur vom Hörensagen, dass es
auf russischen Flughäfen zu jeder Jahreszeit sehr
nebelig ist.

## In Rente gehen

Meine Mutter ist vor dreißig Jahren in Rente gegangen, weil Frauen in der Sowjetunion schon mit 55 Jahren in Rente gehen durften. Sie hat damals keine Sekunde gezögert, denn sie mochte ihre Arbeit nicht. Sie war in ihren letzten Arbeitsjahren Lehrerin für Festigkeitslehre und Mechanische Maschinenteile an einer technischen Schule gewesen. Die jungen Studenten hatten aber nichts von mechanischen Maschinenteilen wissen wollen, stattdessen interessierten sie sich für die Körperteile ihrer Mitschülerinnen, spielten der Lehrerin Streiche und hörten ihr überhaupt nicht zu. Die Rente nahm meine Mutter als längst ersehnte Steigerung der Lebensqualität wahr.

Meine Schwiegermutter war noch früher, mit fünfzig Jahren, Rentnerin geworden. Sie hatte als Geologin auf Sachalin gearbeitet. Dort galt eine besondere Regelung: Nach dreißig Jahren Arbeit durfte jeder in Rente gehen, egal wie alt er war. Und jeder, der sich bereit erklärte aufzuhören, bekam als Prämie zehn Monatsgehälter mit auf den Weg.

Für viele andere war es jedoch eine Tragödie, nicht mehr zu arbeiten. Ich denke, die ganze Menschheit teilt sich in dieser Frage in zwei Gruppen. Die einen glauben, Arbeit wirke lebensverlängernd, die anderen meinen, die Rente tue es. Die einen träumen bereits in der Schule davon, so schnell wie möglich die aktive Arbeitsphase hinter sich zu lassen, die anderen sehen allein in ihrer Arbeit die Rettung vor dem Altwerden.

Auch in Deutschland kenne ich glückliche Frührentner und Menschen, die bis zum letzten Atemzug arbeiten wollen. Seit vielen Jahren geht meine Mutter zu demselben Arzt, zu Herrn Doktor Vogel. Doktor Vogel gehört zu der zweiten Gruppe. Er war schon vor zwanzig Jahren der älteste Spezialist im Ärztehaus, aber mein Sohn geht noch heute zu ihm, wenn er eine Schulbefreiung haben will. Bei Doktor Vogel muss man nie lange im Warteraum sitzen: Nach einer Minute verlassen die Patienten sein Zimmer, und die meisten sehen gesund aus. Ich habe mir das Erfolgskonzept von Doktor Vogel früher durch seine enorme berufliche Erfahrung erklärt. Einmal war ich mit einer kleinen Beschwerde bei ihm. Ich hatte eine Überreaktion auf Mückenstiche, die Stellen waren unnatürlich groß geworden und strahlten lila. Ob er so etwas schon mal gesehen habe, fragte ich Dr. Vogel. Er sagte nichts, lächelte mich nur an. Junger Mann, las ich in seinen Augen, ich habe Schlimmeres gesehen, da warst du noch nicht einmal geboren. Ich verkniff mir weitere freche Fragen.

Seine lange Beschäftigung mit kranken Menschen hat aus ihm einen optimistischen Fatalisten gemacht. Der Doktor wusste aus der Praxis, wie beschränkt die Möglichkeiten der Medizin waren und dass die Leute in der Regel von allein wieder gesund wurden, wenn sie nicht vorher starben. Sein Doktormotto war: Mach's nicht noch schlimmer, als es ohnehin ist. Den meisten seiner Patienten klebte Dr. Vogel ein Pflaster auf die Wunde. Wenn der Kranke sich damit nicht zufriedengab und noch einmal mit Beschwerden bei ihm auftauchte, bekam er eine Spritze, die der Arzt selbst liebevoll als »Bombe« bezeichnete. »Die Bombe« sollte auf einen Schlag von allen Schmerzen, Allergien und Schwächen befreien.

Einmal habe ich ihn gefragt, was in dieser Bombe drin sei. Er antwortete nicht. Im Gespräch mit Doktor Vogel muss man alles zwei Mal wiederholen. Ich glaube, er ist schwerhörig. Bei seinem Kollegen, dem Ohrenarzt, der in Block B des Ärztehauses sitzt, möchte er aber nicht vorbeischauen. Ich glaube, er hat Angst, in Rente geschickt zu werden. In seiner Arbeit sieht er den Sinn des Lebens. Ich arbeite, also lebe ich, lautet sein Motto.

Die Freundinnen meiner Mutter haben in ihrem Moskauer Betrieb noch gearbeitet, da war meine Mutter schon seit dreißig Jahren in Rente. Unsere Tante aus Donezk, die früher in Nowosibirsk gearbeitet hatte, erzählte, die alten Akademiker aus dem dortigen Wissenschaftsstädtchen gingen überhaupt nie in Rente, lieber starben sie an ihrem Arbeitsplatz. Viele von ihnen könnten zwar das Institut nicht mehr finden, in dem sie arbeiteten. Sie würden aber jeden Morgen dorthin gebracht und abends nach Hause abgeholt.

»Ein furchtbares Bild«, meinte meine Tante, »wie

die Greise in den nebligen dunklen Morgenstunden durch die Schneeberge zur Arbeit torkeln.«

Bei der Mehrheit der russischen Bevölkerung hatte die Rente schon immer einen schlechten Ruf. Erstens wird das Geld schnell knapp, zweitens fängt man an, öfter krank zu werden. Solange man arbeitet, hat man keine Zeit, sich Gedanken über die eigene Gesundheit zu machen. Erst wenn man zu Hause sitzt und nichts tut, entwickelt man ein Gespür für die eigenen Beschwerden. Deswegen gehen viele Greise in Russland arbeiten. Niemand wundert sich darüber. Die späte Sowjetunion wurde ja ebenfalls fast ausschließlich von Greisen regiert. Als ich auf die Welt kam, war Generalsekretär Leonid Breschnew der erste Mann im Land. Laut Gerüchten hatte er während einer Zusammenkunft des Politbüros einen Schlaganfall erlitten, wollte die Sitzung aber auf keinen Fall verlassen. Als kluger, vorausschauender Politiker wusste er zu gut: Kaum schließt sich hinter einem die Tür, sofort wird ein anderer Genosse den Platz einnehmen. Der Landwirtschaftsminister hatte gerade seinen Jahresbericht über die gelungene Ernte vorgetragen, als es den Generalsekretär erwischte.

Er wurde, wie in solchen Situationen üblich, auf den Tisch gelegt, die Beine hielt man nach oben.

»Reden Sie bitte weiter!«, sagte Breschnew aus dieser unbequemen Position heraus zum Landwirtschaftsminister, als er wieder zu sich gekommen war.

Doch der Minister konnte ihn nicht verstehen. Durch den Schlaganfall hatte der Generalsekretär eine Lähmung im Gesicht, er konnte nicht mehr deutlich sprechen. Später schimpfte er über die deutschen Ärzte, die ihm ein Jahr zuvor ein künstliches Gebiss angepasst hatten. Er machte die Zahnärzte dafür verantwortlich, dass er nicht mehr deutlich reden konnte, er glaubte, die Zähne seien daran schuld. Er fuhr immer wieder nach Deutschland, um sein Gebiss zu verbessern. Aber je besser sein Gebiss wurde, desto unverständlicher klangen seine Reden. Das störte aber die Genossen im Politbüro nicht weiter. Die meisten von ihnen waren ohnehin taub oder litten unter Aufmerksamkeitsschwäche. Und das Volk hat es noch weniger gekümmert. Die Bürger hörten dem Generalsekretär sowieso nicht zu, sie waren mit ihren eigenen Problemen beschäftigt. Der Generalsekre-

tär konnte die Umlaute besser als die Silben aus-
sprechen. Regelmäßig erschien er im Fernsehen
um 21.00 Uhr in einem schwarzen mit Orden und
Medaillen übersäten Anzug, sagte so etwas wie »A«
und »O« und sorgte auf diese Weise für das Gefühl
von Stabilität und Sicherheit im Land.

Einmal erschien er mehrere Tage hintereinander
nicht in den Nachrichten, stattdessen lief »Schwanensee«, genauer gesagt die Szene »Der sterbende
Schwan« im Fernsehen, die immer gezeigt wurde,
wenn politische Änderungen bevorstanden. Das
Land füllte sich mit Gerüchten, viele flüsterten unter der Hand, der Generalsekretär wäre in Wahrheit schon lange tot. Wie lange und ob überhaupt
ganz tot der Generalsekretär war, darüber gingen
die Meinungen im Volk wie üblich auseinander.
Die Optimisten meinten, er sei schon lange tot,
die Pessimisten sagten, er sei nur vorübergehend
krankgeschrieben. Und tatsächlich trat Breschnew noch einmal im Fernsehen auf. Er machte den
Eindruck, als hätten ihn die Genossen am Lesepult
festgenagelt. Er bewegte sich kaum, konnte überhaupt keine zusammenhängenden Worte mehr von
sich geben, machte nur noch Geräusche, zischte

und pfiff. Die Genossen applaudierten im Stehen, und Breschnew schaute verloren in die Reihen vor ihm. Bei seinem Blick konnte man meinen, er wisse selbst nicht mehr, ob er bereits tot sei oder noch lebe. Eine Woche später kam die traurige Nachricht, unser Generalsekretär sei nach einem langen Kampf mit einer schweren Krankheit von uns gegangen.

Sein Nachfolger sah aus, als wäre er diese schwere Krankheit in Person. Einen Monat später lief im Fernsehen erneut der Tanz des sterbenden Schwans. Der Schwan selbst war zu diesem Zeitpunkt über siebzig Jahre alt, längst im Rentenalter. Er tanzte im Sitzen, wollte aber die Bühne auf keinen Fall verlassen.

## Auf die Gesundheit achten

Der Mensch ist ein zartes Wesen. Einmal aus der Balance geraten, gelingt es ihm schwer, sie wiederzufinden. Meine Mutter hat den Zeitpunkt nicht bemerkt, als sie aus der Balance geriet. War es vielleicht am Geburtstag ihrer Schwester gewesen, als diese eine alte sowjetische Leckerei, die nach dem französischen Imperator »Napoleon« benannte Kalorienbombe, gebacken hatte, die meine Mutter seit ihrer Kindheit liebte? Oder war es in der besonders lang andauernden Berliner Regenzeit im Frühling gewesen, als meine Mutter mehrere Wochen zu Hause gesessen und nur Fernsehserien geguckt hatte? Auf jeden Fall war der Körper meiner Mutter deutlich schwerer geworden als ihr Geist. Sie verlor dadurch ihre innere Ruhe und stellte ihren Lebensstil, ihre Gewohnheiten und Vorlieben infrage.

Weniger essen und sich mehr bewegen, lautet in

solchen Fällen die Weisheit der Medizin. Doch das ist leichter gesagt als getan. Das Übergewicht ist eine Falle: Je dicker man wird, umso weniger kann man sich bewegen, und je weniger man sich bewegt, umso dicker wird man. Meine Mutter versuchte es mit allem Möglichen. Sie erwarb übers Internet das ayurvedische Nahrungsergänzungsmittel *Guyaschewadabasch*, eine scharfe Marmelade, die sie in dicken Schichten auf Brote und Kartoffelpuffer schmierte. Sie kaufte sich für dreihundert Euro einen Fahrradtrainer, stellte ihn im Gästezimmer vor dem Fernseher auf und kletterte täglich darauf, was an sich schon eine große Anstrengung war, vergaß dann aber, bei der einen oder anderen interessanten Sendung, in die Pedale zu treten. Das Hochklettern wurde immer anstrengender. Zum Glück fand die Stiftung Warentest irgendwann Schadstoffe in den Griffen des Fahrradtrainers. Meine Mutter nahm diese Nachricht mit Erleichterung auf. Sie besorgte sich Stöcke für Nordic Walking und ging damit durch den Park bis zur ersten Bank, setzte sich in den Schatten einer alten Kastanie, holte ein dickes Sudoku-Heft aus der Tasche und trainierte geistig weiter.

Nichts half, die Balance wollte sich nicht wiederherstellen. Mich machte meine Mutter mit ihren ständigen Gesprächen darüber langsam irre.

»Schenk deiner Mutter doch eine Gesundheitsuhr zum Geburtstag«, riet mir ein Freund, der ein ähnliches Problem bereits hinter sich hatte. »Ich weiß nicht, ob es tatsächlich hilft, aber dann kann sie mit der Uhr über ihre Probleme reden. Die hat ein Mikro und einen eingebauten Lautsprecher und interessiert sich für nichts anderes auf der Welt als die Balance deiner Mutter. Die redet dann nur noch mit der Uhr, und du bist aus dem Schneider«, meinte mein Freund.

Warum es nicht ausprobieren?, dachte ich. Meine Mutter hatte kurz vor Weihnachten Geburtstag, aber so lange wollte ich nicht warten und schenkte ihr die Uhr bereits zum Tag der Großen Oktoberrevolution. Es war eine Wunderuhr. Sie konnte den Herzschlag und den Blutdruck ablesen, die Pulsfrequenz zählen und an der Zusammensetzung des Schweißes ihres Trägers alles über ihn herausfinden. Wahrscheinlich konnte sie auch Gedanken lesen und Träume beeinflussen, darüber stand aber nichts in der Gebrauchsanweisung. Auf jeden Fall besaß diese Uhr eine künstliche Intelligenz und entwickelte Machtphantasien. Sie wollte sich den Menschen vollkommen unterwerfen. Zuerst nur einen, dachte die Uhr wahrscheinlich, später den Rest der Welt.

Meine Mutter nahm das Geschenk mit gesundem Misstrauen an und kam schnell mit der Uhr in Konflikt. Die Uhr wollte, wie gesagt, die absolute Herrschaft über meine Mutter erlangen, und meine Mutter wehrte sich nach Kräften. Kaum machte sie den Kühlschrank auf, blinkte die Uhr rot und fing an zu meckern. Ging meine Mutter in den Park, leuchtete die Uhr grün. Setzte sie sich auf eine Bank, gab die Uhr Warnsignale.

Den Höhepunkt dieser Auseinandersetzung erlebte meine Mutter in der Philharmonie. Als große Liebhaberin von Gustav Mahler hatte sie sich bereits vor langer Zeit Karten für ein Konzert der Berliner Philharmoniker besorgt, die Mahlers 3. Symphonie spielten. Meine Mutter hatte die 2. Symphonie im Jahr zuvor gehört und schwärmte noch immer davon. Während der Aufführung – meine Mutter saß in der dritten Reihe Parterre – sagte ihre Uhr laut und deutlich:

»Sie bewegen sich bereits seit einer Stunde nicht. Stehen Sie auf und machen Sie einen Spaziergang.«

Gott sei Dank hörte der israelische Dirigent das nicht, er wäre vor Verwunderung vom Podest gefallen.

»Du machst jetzt selbst einen Spaziergang, nämlich auf die Toilette, und dann einen Sprung ins Klo, wenn du nicht aufhörst zu quatschen«, zischte meine Mutter die Uhr an.

»Sie sind gestresst. Legen Sie sich hin. Legen Sie sich hin. Sie sind sehr aufgeregt. Ihr Puls ist bei 85«, antwortete die Uhr sofort.

»Na warte«, drohte die Mutter und fing an, die Uhr abzunehmen, die immer wieder rot und grün leuchtete und furchtbar schimpfte.

Meine Mutter wickelte das Wunder der Medizin in ein Taschentuch, das Tuch steckte sie in ihre Handtasche, und diese schob sie tief unter den Sitz. Trotzdem hörte man jedes Mal, wenn die Musik leiser wurde, unzufriedene Ausrufe des Geräts: »Stehen Sie auf! Legen Sie sich hin!«

Die Mahler-Symphonie ging zu Ende. Meine Mutter holte die Uhr aus der Tasche und sagte ihr alles, was sie über sie dachte.

Ich glaube, jeder Mensch braucht ein bisschen Stress. Seit meine Mutter mit der Uhr schimpft, nimmt sie stetig ab.

## Kreuzworträtseln

Die Beschleunigung der Welt macht meiner Mutter zu schaffen. Es fühlt sich für sie an, als würde sich die Erde durch die Hektik ihrer Bewohner immer schneller drehen, der Sommer jedes Jahr kürzer werden und die Jahreszeiten sich schneller abwechseln. Wo sollte das hinführen? Im Fernsehen tobten sich auf allen Kanälen Unbekannte aus. Die Lieblingsschauspieler meiner Mutter waren nur noch in alten Schwarz-Weiß-Streifen zur späten »Stunde des wiederholten Films« zu sehen, ihre Lieblingstänzer waren längst Rentner, die Lieblingssänger konnten nur noch husten. Als wäre das alles noch nicht demütigend genug, erschien eines Tages ein junger durchtrainierter Dreißigjähriger auf dem Bildschirm und sagte, sein Name sei Bond – sehr frustrierend. Deswegen konzentrierte sich meine Mutter beim Fernsehen mehr auf die Reihe

»Die Welt der Tiere«. Mit Begeisterung sah sie sich eine mehrstündige Fernsehproduktion über Koalas an. Die Plüschbärchen hingen den ganzen Film lang an Eukalyptusbäumen und guckten mit ihren großen kugeligen Augen vor sich hin wie nachdenkliche Bergsteiger, denen plötzlich mitten am Berg die ganze Nichtigkeit ihres Tuns klar wurde.

Koalas konnten der Beschleunigung der Welt gut widerstehen, Menschen anscheinend nicht. Sie lassen sich von der Hektik anstecken. Meine Mutter hält jedoch dagegen. Wenn sie einkaufen geht, nimmt sie jedes neue Produkt aus dem Regal, setzt ihre Brille auf und liest aufmerksam, was auf der Packung steht. Danach legt sie das Produkt wieder zurück. Fast täglich kommen neue Produkte in die Läden, die Texte auf den Verpackungen werden immer länger, die Buchstaben kleiner, und über die Zutaten werden ganze Epen auf der Packung erzählt: ihre Lebensläufe, was sie waren, was sie sind und was sie gemacht haben, bevor sie zu dem konkreten Produkt verschmolzen. Das Einkaufen ohne Hektik dauert inzwischen einen ganzen Tag.

Die Langsamkeit könnte vielleicht die Welt retten, die Menschen begreifen das aber nicht und drehen durch. So lautet die These meiner Mutter. In der letzten Zeit beschwerte sie sich immer wieder, dass auch ihre alten Freundinnen, drei Omas, die ich gut kenne, verrücktspielten. Mit der einen war meine Mutter oft zu Konzerten in die Philharmonie gegangen, mit der anderen ist sie zusammen in den Urlaub gefahren, mit der dritten, einer überzeugten Kommunistin, traf sich meine Mutter, um über Politik zu reden, Schach zu spielen und knifflige Kreuzworträtsel zu lösen.

Damit war jetzt Schluss. Die Musik-Oma hatte einen kleinen Herzanfall gehabt, zwei Tage im Krankenhaus verbracht und das ohne sichtbare gesundheitliche Schäden überstanden, aber ihre musikalischen Vorlieben hatten sich nach dem Anfall verändert. Ein Leben lang hatte die Musik-Oma von der Oper geschwärmt, war gern mit meiner Mutter in die Philharmonie gegangen und hatte sich ungemein über die Erfolge der Opernsängerin Anna Netrebko gefreut, die meine Mutter wiederum als zu oberflächlich empfand. Nach ihrem Schwächeanfall, kaum zu sich gekommen, musste die Musik-Oma feststellen, dass sie eigentlich Schlager mochte und Opern überhaupt nicht leiden konnte. Auf einmal hörte sie Nena und Roland Kaiser und freute sich dabei wie Bolle. Meine Mutter versuchte sie immer wieder zur Vernunft zu bringen, sie schenkte ihr sogar eine neue Netrebko-Platte. Doch die Musik-Oma konnte dieser Platte nichts mehr abgewinnen.

»Lass mich in Ruhe mit deinen Opern. Die Leute dort sind unehrlich, sie haben keine Gefühle, sie tun nur so. Ich habe in der Oper nie verstanden, worum es ging. Schlagersänger dagegen sind herzlich, sie sind lebensfroh. Ich kann diese Musik stundenlang hören, mich macht sie atemlos!«, sagte sie.

Meine Mutter schüttelte nur den Kopf. Solche unumkehrbaren Veränderungen waren mit der Musik-Oma passiert. Die Reise-Oma hatte irgendetwas mit den Augen gehabt und sah nun alles in 2D, ohne Tiefe. Daraufhin ist sie des Reisens überdrüssig geworden und will nirgendwo mehr hin.

»Was soll ich in einer flachen Welt ohne jegliche Perspektive?«, sagte sie.

Noch Schlimmeres ist der Kommunisten-Oma passiert. Ihr Ehemann war an Demenz gestorben. Die letzten Jahre mit ihm hatten keinen Spaß gemacht, und so war diese Krankheit in den Augen der Kommunisten-Oma das schlimmste Schicksal, das einem passieren konnte. Jeden Tag trainierte sie ihren Intellekt, knackte Sudokus harten Grades, spielte Schach und hatte immer Blätter mit Kreuzworträtseln dabei, die sie von ihrem Enkel aus dem Internet ausgedruckt bekam. Jede Woche brachte ihr der gute Junge einen Stoß neuer vorbei, kontrollierte die Richtigkeit der Antworten und half seiner Oma auf diese Weise, ihren Geist fit zu halten.

Doch nur Gutes zu tun ist auf Dauer langweilig. Eines Tages spielte der Enkel der Oma einen bösen Streich. Er gab ihr ein eigenhändig gemachtes Kreuzworträtsel, das wie ein echtes aussah, aber unlösbar war. Die Oma merkte zuerst nichts, sie vertiefte sich in die Fragen: »Zusammengeklebtes Geschirr« mit acht Buchstaben kreuzte sich mit »altes Insekt« mit sechs Buchstaben. »Jemand, der immer zu spät kommt« im Horizontalen, senkrecht »ein unbekanntes Wort« und »eine verpasste Chance«. Und so ging es weiter.

Nach einer Weile merkte die Oma, dass sie durchdrehte. Sie verstand zwar die Fragen, ihr fiel aber keine einzige Antwort ein. Es war bis dahin noch nie vorgekommen, dass sie innerhalb eines

Tages kein einziges Kreuzwort erraten konnte. Sie rief bei meiner Mutter an:

»Du kannst mir gratulieren, meine Liebe, ich bin dement!«, sagte sie und bombardierte meine Mutter mit Fragen aus dem Kreuzworträtsel:

»Wie heißt die stumpfe Seite des Messers? Ein verwildertes Haustier? Der Staub an schwer erreichbaren Stellen? Angst vor langen Beziehungen mit drei Buchstaben?«

Meine Mutter, ein großer Profi im Kreuzworträtsellösen, witterte sofort den Betrug.

»Nicht mit dir, mit deinem Rätsel stimmt etwas nicht«, behauptete sie.

Die Freundin wollte ihr nicht glauben. Sie war nun fest davon überzeugt, dass durch unumkehrbare Alterungsprozesse ihr Intellekt in Sachen Kreuzworträtseln nachgegeben hatte.

»Ich will nicht in die Klapse!«, weinte sie fast.

Zusammen riefen sie den hinterhältigen Enkel an und forderten ihn sofort auf, die Lösungen zu zeigen.

»Reingelegt!«, lachte der Enkel, sehr zufrieden mit sich, in den Hörer. »Es gibt keine Antworten auf diese Fragen.«

Nach diesem Gespräch mussten die beiden Omas ein richtiges Kreuzworträtsel lösen, um sich zu vergewissern, dass doch noch alles in Ordnung war.

»Das ganze Leben ist eigentlich ein selbst gemachtes Rätsel«, beruhigte meine Mutter ihre Freundin. »Es gibt eine Menge Fragen zum Durchdrehen, und Antworten existieren nicht.«

## Geld ausgeben

Meine Heimat war eine Diktatur der Kollektive, und der Wille des Kollektivs war immer wichtiger als der des Individuums. Dabei waren diese mystischen Kollektive weder greifbar noch sichtbar, aber trugen dafür so pathetische Namen wie »Das große sowjetische Volk«, »Das Bündnis der Bauern und Arbeiter« oder »Die ganze progressive Öffentlichkeit« und hatten eine Vollmacht über unser Leben. Die Kollektive traten bei uns an die Stelle Gottes, sie wurden angebetet und mit Paraden und großen Versammlungen gefeiert. Jeder Mensch wurde irgendeinem Kollektiv zugeordnet, man durfte nie allein und nur auf sich selbst angewiesen sein. Die Kollektive betrachteten uns als ihr Eigentum und unterhielten sich mit uns in Form von offiziellen Anschreiben, Aufrufen und Transparenten, auf denen stand, was wir zu tun und wie wir zu leben hatten.

Jede Woche fischten meine Eltern irgendeine neue Aufforderung aus dem Briefkasten, sich dem kollektiven Willen zu beugen. Es ging in der Regel um sogenannte »freiwillige Arbeitseinsätze«, Spenden oder Gebühren. Als Kinder mussten wir Altpapier und Altmetall sammeln, als Jugendliche Beiträge für die unzähligen Zwangsvereine zahlen, auf die wir aufgeteilt wurden. Als junge Studentin des Maschinenbauinstituts war meine Mutter dazu verdammt worden, in ihrer Gruppe die Beiträge für den Kommunistischen Bund der Jugend einzusammeln. Sie war zu schwach gewesen, um sich gegen diesen »freiwilligen Arbeitseinsatz« zu wehren. Ein Jahr lang wurde sie daraufhin zu keiner Studentenparty eingeladen und zu keinem Geburtstag. Die Studenten liefen vor ihr davon, als hätte sie die Pest. Gleichzeitig wurde sie einmal im Monat in das Büro des Sekretärs des Jugendbundes bestellt, der ihr erzählte, dass die ganze progressive Öffentlichkeit und das große sowjetische Volk vergeblich auf die nicht bezahlten Beiträge der Studenten im Maschinenbauinstitut warteten und allein die Genossin Kaminer daran schuld sei.

Die Kollektive haben meiner Mutter ihre Jugend also gründlich versaut. Mit dem Fall des Sozialismus zerfiel die Diktatur der Kollektive, doch meine Mutter sieht noch immer in jedem Zettel, in jeder Pizzawerbung, die sie in ihrem Briefkasten findet, eine Abmahnung von ganz oben. Und seit diese maschinell geschriebenen Briefe den Adressaten beim Namen nennen, ist es noch schlimmer geworden. Vor allem die Spendenaufforderungen irritieren sie. Neulich wurde meine Mutter von ihrer Krankenkasse tief verunsichert.

»Liebe Frau Kaminer«, stand in dem Schreiben der AOK. »Wie geht es Ihnen? 12 000 Menschen in Deutschland warten auf Ihre Organspende.«

»Wie haben die mich bloß gefunden«, überlegte meine Mutter sofort. »Und wieso warten so viele Menschen ausgerechnet auf meine Organe? Wer braucht die Leber einer 84-Jährigen?«

Weiter stand in dem Brief, dass die Entscheidung zur Organspende selbstverständlich nur von ihr selbst getroffen werden könne. Es solle ihre eigene Wahl sein, so stand es dort groß geschrieben. Meine Mutter sollte also nicht jetzt gleich und alle Organe spenden, sondern konnte die Reihenfolge selbst bestimmen und vielleicht das eine oder andere Organ sogar noch eine Weile behalten.

Meine Mutter regte sich darüber ziemlich auf. Sie fühlte sich an die alten Zeiten erinnert, als wir samt all unseren Organen nicht uns selbst gehörten. Auch damals durften wir wählen – allerdings gab es immer nur einen Kandidaten.

Mit diesem Brief kam meine Mutter zu mir und forderte mich auf, in ihrem Namen so schnell wie möglich eine Antwort an die AOK zu schreiben: Sie sollten bitte schön warten! Meine Erklärung, diese Art Briefe würden von Computerprogrammen geschrieben und niemand versuche in Wahrheit, in den Besitz ihrer Leber zu gelangen, beruhigte meine Mutter überhaupt nicht. Die persönliche Ansprache im Briefkopf – »Liebe Frau Kaminer« – überwog alle meine Argumente.

»Schreib ihnen, sie sollen sich in fünf Jahren noch einmal melden, bis dahin möchte ich meine Organe selber nutzen«, sagte meine Mutter. »Dasselbe gilt im Übrigen auch für mein Geld und meine Reisefreiheit«, fügte sie hinzu.

Dann ging sie zu einem Konzert in die Philharmonie. Ich blieb allein und las aus Langeweile das

Schreiben der AOK weiter durch. »In allen großen Religionen, ob Christentum, Judentum oder Islam, ist die Bereitschaft zu spenden tief verankert«, beruhigte mich die Krankenversicherung. Meine Mutter ist Atheistin. Das hindert sie jedoch nicht, anderen beinahe ihre ganze Rente zu spenden, den Bedürftigen und Notleidenden dieser Welt. Ihre Enkelkinder bekommen zum Beispiel Karten für Rap-Konzerte und Festivals von ihrer Oma. Sie selbst würde diese Musik vielleicht nicht mögen, doch den Wunsch der Jugend, in Konzerte zu gehen, kann sie nur begrüßen. Alles zu seiner Zeit, denkt sie wahrscheinlich: Heute gehen die Kinder Rap hören und morgen in die Philharmonie. Sie spendete für die Syrer in Lichtenberg, die sie persönlich kennengelernt hatte, als sie nach einem langen Marsch durch Europa noch völlig entkräftet waren und nicht einmal eine Zahnbürste hatten. Und sie spendet seit Jahrzehnten ihrer Verwandtschaft in Russland etwas. Vor allem ihrer jüngeren Schwester in Moskau.

Aus meiner Sicht braucht diese Schwester eigentlich keine Hilfe. Sie hat selbst eine hohe Rente, ihr Mann arbeitet in einer kleinen Firma, die neue medizinische Geräte erprobt, und ihre Kinder und Enkelkinder haben gut bezahlte Jobs. Außerdem ist sie ein Fan des russischen Präsidenten, den ich nicht mag. Die Schwester hält ihn für den Retter Russlands und hat seit dem vorigen Jahrhundert sogar ein Bild von ihm im Wohnzimmer hängen. Trotzdem fühlt sie sich verarmt und unsicher, denn in Russland weiß man nie, was morgen sein wird, wie sie immer wieder betont.

Seit dem vorigen Jahrhundert schickt ihr meine Mutter regelmäßig Geld. Dieses auf eine Bank zu bringen traut ihre Schwester sich nicht, aber es auszugeben wäre aus ihrer Sicht ebenso unvernünftig. Also versteckt sie das Geld meiner Mutter seit Jahren irgendwo in der Wohnung und vergisst dann, wo. Manchmal findet sie es allerdings wieder, und so fragte mich meine Mutter vor zwei Jahren, ob es noch möglich wäre, D-Mark in Euros umzutauschen. Ich fiel vor Lachen beinahe vom Stuhl.

»Wieso willst du das wissen, Mama?«, fragte ich zurück.

Ihre Schwester hatte bei der Renovierung der Wohnung kurz das Putin-Bild abgehängt und war

auf der Rückseite des Rahmens auf ihr altes Geld-
versteck gestoßen: 500 Mark.

»Das kann doch nicht wahr sein, Mama!«, lachte
ich. »Wir schreiben das Jahr 2016! Dieses Geld gibt
es seit vierzehn Jahren nicht mehr. Seit wann hängt
denn dieser verdammte Putin bei deiner Schwester
an der Wand? Hoffentlich wird sie nun einsehen, wie
unvorteilhaft es ist, in totalitären Regimen die Bilder
der Diktatoren als Sparschweine zu benutzen.«

Meine Mutter wollte davon nichts wissen. »So
etwas passiert einfach, man vergisst eben manches«,
sagte sie nur. »Aber was soll ich nun tun? Sie will
es gewechselt haben, denn man weiß ja in Russland nie, was morgen sein wird. Gibt es vielleicht
irgendwo auf der Welt eine Bank, bei der man die
alten DM-Scheine eintauschen kann? Das Geld ist
ja echt, es hat Wasserzeichen und ist auf dem kor-
rekten Papier gedruckt.«

»Sag deiner Schwester, ich kann ihr das Geld
umtauschen, wenn sie das Präsidentenbild aus-
tauscht. Es hat sie sicher hypnotisiert, deswegen
hat sie das Versteck vergessen. Sie soll am besten
den Hemingway wieder aufhängen, wie früher«, erwiderte ich.

# Erwachsene Kinder erziehen

»Jedes Mal, wenn ich zu euch komme, seid ihr entweder beim Essen oder beim Wein. Dabei könntet ihr die Zeit viel besser nutzen, zum Beispiel Fremdsprachen lernen oder Schach spielen«, meinte meine Mutter, als sie mit der üblichen Erziehungsstunde am Wochenende zu uns kam. Sie lernte gerade fleißig Englisch und hatte für ihren Unterricht eine knifflige Hausaufgabe gestellt bekommen: Sie musste mit einigen von der Lehrerin vorgegebenen Wörtern eine Geschichte schreiben. Die vorgegebenen Begriffe beflügelten zwar die Phantasie, passten aber nicht richtig zusammen: Sofa, Sessel, Kopfkissen, Meer, Glaube, Liebe, Hoffnung, Sack.

»Was für ein Sack?«, fragte mich meine Mutter. »Was hat ein Sack mit den Möbeln zu tun? Du bist Schriftsteller, du kannst aus jedem Mist eine Geschichte machen. Hilf mir doch bitte, etwas Anständiges zu schreiben, ich übertrage es dann ins Englische.«

»Ich helfe dir gerne, Mama«, sagte ich, »aber nur, wenn du aufhörst uns zu erziehen.«

Meine Mutter erzieht uns nämlich bei jedem Besuch. Sie hat dafür auch ein eigenes Konzept, über das sie einmal bei uns in der Küche sinnierte: Kleinkinder zu erziehen bringe wenig, meinte sie, denn die seien zu klein, um die Weisheit der Älteren zu schätzen. Noch weniger bringe es, Jugendliche zu erziehen, sie steckten in der Pubertät und gäben sich nach außen stur und aggressiv. Erst wenn die Kinder erwachsen sind und selbst Kinder haben, kommt der richtige Erziehungsmoment. Dann sind sie aufnahmebereit und lauschen den klugen Ratschlägen der Altvorderen gern.

Streng nach dieser Erkenntnis gibt sich meine Mutter große Mühe mit unserer Umerziehung zu besseren Menschen. Meine Frau reagiert darauf mit großer Zurückhaltung, denn ihre eigene Mutter erzieht sie ebenfalls noch. Es geht dabei in erster Linie um unsere falschen Lebensgewohnheiten:

»Ihr seid faule, kulturentgeisterte Menschen. Ihr geht selten ins Kino und nie ins Theater oder zu einem Konzert. Jedes Mal, wenn ich euch besuchen komme, seid ihr beim Essen oder beim Alkohol«, wiederholte meine Mutter.

»Aber Mama«, verteidigte ich mich, »ist es nicht eine gastfreundliche Sitte, einen Tisch zu decken, wenn Besuch kommt? Wir kochen und machen einen Wein auf – eigentlich nur dir zu Ehren, sonst wären wir vielleicht gar nicht zu Hause geblieben. Wir gehen nämlich gerne aus.«

»Und wenn ihr ausgeht, dann geht ihr weiter essen und trinken«, argumentierte meine Mutter hartnäckig weiter. »Doch dieses Mal werdet ihr mir nicht davonkommen. Ich habe nämlich für euer Kulturprogramm gesorgt: Ich habe für morgen Abend für teures Geld Konzertkarten gekauft. Morgen ist Saisoneröffnung im Konzerthaus am Gendarmenmarkt, dort wird ein Russe singen, und wir gehen alle zusammen hin.«

Widerstand war zwecklos. Eigentlich habe ich nichts dagegen, einmal im Jahr ein Konzert zu besuchen. Es gibt am Gendarmenmarkt viele schicke Restaurants, in die man danach gehen kann, und in der Pause gibt es im Konzerthaus guten Sekt und Rotwein.

Im Internet kuckten wir nach, was genau zur Saisoneröffnung gespielt werden sollte. Meine Mutter hatte einiges durcheinandergebracht. Das Konzerthaus gab mit einem seltenen Programm an, aber für den Gesang war kein Russe, sondern der Countertenor Jaroussky zuständig. Er sang unbekannte Serenaden, einst im Mittelalter für Nonnen von anderen Nonnen geschrieben. Danach sollte die zweite Symphonie von Mahler gespielt werden.

»Typisch Mutter. Ein hartes Programm – nichts für Anfänger, aber wir schaffen das«, beruhigte ich meine Frau.

Schick angezogen und herausgeputzt fuhren wir am nächsten Tag zum Konzerthaus. Das Programm begann mit einer Ansprache des Dirigenten. Er war sichtlich mitgenommen von den Fernsehbildern, die das Land seit Tagen hypnotisierten: Syrische Flüchtlinge liefen über ungarischen Stacheldraht mit Merkel-Porträts in den Händen. Sie wurden an manchen Orten mit Applaus, an anderen mit Tränengas und Schlägen begrüßt.

»Ich appelliere an alle europäischen Regierungen: Lasst diese Menschen durch«, sagte der Dirigent.

»Ich bin selbst ein Wirtschaftsflüchtling. Ich bin auch von weither gereist, um hier zu dirigieren. Und auch in diesem Orchester ist die Hälfte aller Musiker von weit weg zu uns gekommen. Alle Menschen sollten das Recht haben, dorthin zu gehen, wo sie hinwollen! Um unsere Solidarität mit den armen Menschen zu signalisieren, haben wir heute syrische Flüchtlinge zum Eröffnungskonzert eingeladen. Und nun sind sie da!«

Der Dirigent zeigte mit dem Stock auf eine kleine Gruppe, die direkt vor seinem Pult saß.

Das Publikum reagierte mit begeistertem Applaus. Von Neugier getrieben stand ich auf, um die Syrer zu suchen. Es war nicht leicht im überfüllten Saal, doch in der Menge von bunt gekleideten schwulen Pärchen, die aus unerklärlichen Gründen auf Countertenöre standen, sowie älteren Damen mit blauen Haaren und Frauen in schicken Abendkleidern sah ich sie schließlich: in bunte Tücher eingewickelte Frauen und schnurrbärtige Männer, die ihre Panik kaum verstecken konnten. Sie sahen nicht so aus, als wüssten sie, wo sie waren. An ihrem ersten Tag in Berlin bekamen diese Menschen wahrscheinlich alle Vorurteile und Klischees auf einen Schlag bestätigt, die in der Welt über das dekadente Europa erzählt wurden. Nach einer langen riskanten Flucht ins gelobte Land, nach nächtelangen Märschen am ungarischen Zaun vorbei saßen die Syrer nun in einem prachtvollen Raum, in einer Reihe voller Männer, die Händchen haltend einem jungen Künstler lauschten, der mit einer unglaublich hohen Frauenstimme Unverständliches sang.

In der Pause wurde Alkohol ausgeschenkt. Weil es die Saisoneröffnung war, verwöhnte das Konzerthaus seine Besucher mit unentgeltlichem Sekt, die Gläser wurden buchstäblich jedem in die Hand gedrückt. Dazu konnte man sich noch ein Würstchen holen.

Während des Konzerts schauten alle auf die Syrer, ob es mit ihrer Integration wohl vorwärtsging. Die Syrer schauten konzentriert nach vorn. Sie ließen sich nichts anmerken. Wahrscheinlich dachten sie darüber nach, was sie in diesem schwulen, Würste fressenden und Wein saufenden Land verloren hatten. Hatten sie einen Lebensentwurf, irgendwelche Zukunftspläne? Jetzt wäre eigentlich genau der richtige Moment, ihre Integration sicht-

bar zu machen. Sie könnten zum Beispiel ihre ein-
gewickelten Frauen auswickeln, sich einen Sekt
genehmigen und dem bescheuerten Gesang hinge-
ben. Doch nichts davon geschah. Sie wirkten verloren, wie auf einem anderen Planeten gelandet.
Einem Planeten, wo sogar anders geatmet wurde.

Und die zweite Mahler-Symphonie gab ihnen
den Rest.

Zu Hause angekommen konnte meine Mutter
plötzlich ganz schnell und ohne meine Hilfe eine
tolle Geschichte für ihren Englischunterricht ver-
fassen. Sie ging so:

*In einem fernen Land brach einmal der Krieg
aus. Die Menschen flohen, sie mussten ihr
ganzes Hab und Gut zurücklassen: Sofa,
Sessel, Kopfkissen. Sie setzten sich in ein Boot
und schwammen übers Meer zu uns. Hier
gingen sie zu einem Konzert, konnten leider
wegen ihres Glaubens nichts essen und nichts
trinken, sahen aber im Publikum viel Liebe
und schöpften Hoffnung.*

»Was hältst du davon?«, fragte mich meine Mutter.

»Tolle Geschichte«, sagte ich. »Du hast bloß den Sack vergessen.«

»Der passt in die Geschichte nicht rein«, erwiderte sie.

»Doch – und wie! Die Musik ging nämlich allen total auf den Sack!«, sagten meine Frau und ich synchron und lachten.

## Kochen für den Frieden

»Zu deinem runden Geburtstag, mein lieber Sohn, möchte ich dir gern das Lieblingsgericht aus deiner Kindheit zubereiten. Ich habe bloß das Rezept nicht mehr im Kopf.«

Meine Mutter verwirrte mich am Telefon. Ich hatte tatsächlich am Wochenende Geburtstag, ich sollte 48 Jahre alt werden. Beim besten Willen konnte ich nichts Rundes an diesem Datum erkennen. Auch was sie mit »Lieblingsgericht« meinte, wusste ich nicht. Aus der Zeit, als ich noch bei meinen Eltern lebte und auf Mutters Küche angewiesen war, konnte ich mich gut an die Buletten mit Bratkartoffeln erinnern, an die Rote Bete in der Suppe, an den Apfelkuchen. Aber »Lieblingsgericht« – was mochte das sein? Möglicherweise handelte es sich um eine Scheinerinnerung meiner Mutter. Wenn jemand sehr lange auf der Welt ist, kann es durchaus passieren, dass er nicht mehr auseinanderhält, was er in einem Film gesehen, in einem dicken Buch gelesen oder von anderen Menschen erzählt bekommen hat und was ihm tatsächlich widerfahren ist.

»Welches Gericht meinst du, Mama? Du hast ja sehr viel gekocht«, log ich.

»Ich meine natürlich das gefilte Huhn«, sagte sie.

Ich erinnerte mich sofort. Im Herbst 1983 war der Lieblingsonkel meiner Mutter gestorben, und die zahlreiche Verwandtschaft unserer vom sozialistischen Wind durch die ganze Sowjetunion verwehten Familie war nach Moskau gekommen, um von ihm Abschied zu nehmen. Eine Woche lang fühlte ich mich in meinem Kinderzimmer wie auf dem Bahnhof. Überall saßen und lagen Menschen. In meinem Bett schlief die Tante aus Donezk, vor der Tür auf dem ausklappbaren Bett schlief die Oma aus Odessa, und in der gemütlichen Ecke unter dem Schreibtisch lag ich auf einer Matratze und studierte die Schnarchunterschiede zwischen den verschiedenen Regionen unserer großen Heimat.

Oma und Tante halfen meiner Mutter in der Küche. Sie stritten sich einen halben Tag, wie

man das gefilte Huhn zum Beerdigungsessen des
Onkels richtig zubereitete. Jede hatte ein eigenes
Rezept im Kopf. Als junger Mann fürchtete ich
mich vor diesem Gericht, ich hielt es für Tierquäle-
rei, unverschämt, abartig, böse, pervers, pornogra-
fisch und lebensfremd. Dem Huhn wird vorsichtig
die Haut abgezogen, dann wird sein Fleisch klein
gehackt, mit Mehl, Grieß und mir unbekannten
Zutaten vermischt, zu einer festen Masse gekocht,
wieder in die Haut gestopft, mit weißen Fäden zu-
genäht und in den Ofen gesteckt. Nach einer Weile
holt man das Huhn aus dem Ofen, zieht ihm die
Fäden aus dem Hintern und schneidet es in Schei-
ben.

Im gleichen Jahr, in dem der Onkel gestorben
war, nannte der amerikanische Präsident Ronald
Reagan unser Land »Das Imperium des Bösen«.
Sein eigenes hielt er dementsprechend für traum-
haft und gottesfürchtig. In den sowjetischen Zeitungen wurde Reagan daraufhin als Imperialist
beschimpft. Ich fand die Aussage des Präsidenten
überholt und von der Realität weit entfernt. Wenn
es jedoch eine solche schwarz-weiße Welt tatsächlich gäbe, wie Amerikaner es gerne mögen, so sollte

dieses zugenähte Huhn ein Festessen im Imperium des Bösen sein, so dachte ich.

Das sagte ich meiner Mutter natürlich nicht, sondern fragte sie nur, was genau an meinem Geburtstag so rund sei.

»Achtundvierzig ist eine gute Zahl, sie lässt sich gut teilen«, erklärte sie. »Anders als siebenundvierzig zum Beispiel, das wie ein Brocken über dem Menschen hängt und durch nichts geteilt werden kann, teilt sich achtundvierzig durch zwei, drei, vier, sechs, acht, zwölf und vierundzwanzig. Und teilen ist im Leben enorm wichtig.«

Dieses Argument klang überzeugend.

Ich habe schon früher gemerkt, dass sich bei älteren Menschen das Langzeitgedächtnis immer weiterentwickelt, während das Kurzzeitgedächtnis manchmal nachlässt. Die Multiplikationstabelle hatte meine Mutter perfekt drauf, das Rezept des Lieblingsessens dagegen nicht. Ein altes jüdisches Gericht sollte es sein. Im Internet suchten wir vergeblich. Es gab »gefilter Fisch« in tausend Varianten, aber kein Huhn. Also begann meine Mutter mit Verwandten zu telefonieren, die teils in der Ukraine, teils in Russland wohnten und durch den

Konflikt zwischen beiden Ländern auf verschiedene Seiten der Front geraten waren.

Politische Differenzen erschweren in letzter Zeit häufig Telefongespräche unter Verwandten. Wer hätte das vorausahnen können? Nachdem die Russen mit Mühe und Not ihr kommunistisches Experiment unter großem kapitalistischem Applaus und den Fanfaren der freien Welt begraben hatten, dachten sie, nun würden enthusiastische Kapitalisten zu ihnen kommen, um ihnen beim Aufbau einer konkurrenzfähigen Wirtschaft zu helfen. Doch alle, die kamen, wirtschafteten nur in die eigene Tasche. Es schien, als würde das Land keine Perspektive in der neuen freien Welt haben, alle warmen Plätzchen waren schon vergeben: Die Amerikaner machten IT, die Deutschen bauten Autos, die Chinesen klebten Turnschuhe, und die Kambodschaner lieferten die Schnürsenkel dazu. Die Russen torkelten an diesem fremden Strand unter der harten Sonne des Kapitals hin und her, aber überall, wo es Schatten gab, lagen bereits die Badetücher anderer Länder.

Vielen schien, als wäre das misslungene kommunistische Experiment möglicherweise das einzig Wichtige, was unser Land der Welt anzubieten hatte. Und was nun? Was sollten sie tun? Kosakenlieder im Chor singen? Sich Bärte wachsen lassen? Bären dressieren? Die Mehrheit wollte zurück in die Vergangenheit, in die gute alte Sowjetunion, das Imperium des Bösen. Sie versuchten ihre längst unabhängigen Nachbarländer, die ehemaligen Sowjetrepubliken, in das längst ausgenommene Huhn, die Sowjetunion, zurückzustopfen. Doch ein altes russisches Sprichwort besagt: »Gehacktes kann man nicht rückwärtsdrehen, aus einer Bulette wird kein Rind entstehen.« Die Nachbarländer wehrten sich, sie wollten auf keinen Fall zurück. Der russische Präsident versuchte es mal mit Gewalt, mal mit Diplomatie.

»Sie und ich, wir sind doch ein Volk«, erklärte er seinem weißrussischen Kollegen.

»Daraus wird nichts«, sagte der Weißrusse. »Wir werden jedes Haus verteidigen, und die Erde wird unter euren Füßen brennen«, reagierte er etwas pampig.

»Eine gemeinsame staatliche Ordnung hat viele Vorteile für die Sicherheit Ihres Landes«, versicherte der russische Präsident seinem kasachischen

Diktator-Kollegen. Der flog daraufhin sofort nach China, um dort auf Kredit neue Waffen einzukaufen.

Die asiatischen und kaukasischen Republiken schielten schon längst nach Westen, von den baltischen ganz zu schweigen. Als wäre das alles noch nicht genug, gingen die Ukrainer plötzlich auf die Straße gegen ihren von den Russen korrumpierten Präsidenten und für die europäische Integration ihres Landes.

Da platzte dem russischen Präsidenten der Kragen. Er okkupierte die Halbinsel Krim und überfiel die Ostukraine. Meine Tante in Donezk musste ihre Wohnung verlassen, floh nach Sibirien, von dort zurück in die Ukraine und landete auf Umwegen in Odessa, wo wir ebenfalls gemeinsame Verwandte haben. Von dort aus stellte sie einen Asylantrag für Deutschland.

Meine Mutter rief sie an und fragte nach dem Rezept.

»Gefiltes Huhn – weißt du, was genau da reinmuss? Bratschwarten, angebratene Zwiebel, Mehl, Grießbrei, Pfeffer, Salz, aber was noch?«

»Ihr habt ein schönes Leben«, sagte die Tante. »In

meinem Asylantrag muss ich alle Verwandten nennen, die ich in Deutschland habe. Darf ich deine Adresse und die von Wladimir reinschreiben? Er ist doch ein bekannter Mann, vielleicht würde Merkel mich hier schneller rausholen, wenn sie merkt, dass wir verwandt sind.«

Die Tante dachte tatsächlich, die Bundeskanzlerin würde ihr Flugzeug nach Odessa schicken oder noch besser selbst wie Superman dorthin fliegen, um der Tochter der Cousine meines Vaters zu helfen. Meine Mutter hat der Tante am Telefon nicht erzählt, dass das eher unwahrscheinlich war. Natürlich könne sie meine Adresse in ihrem Antrag verwenden, vielleicht nütze es etwas, sagte sie.

»Tu ein bisschen Hühnerbrühe rein, damit es nicht zu trocken schmeckt. Und ganz wichtig: ein rohes Ei!«, fügte die Tante hinzu und legte auf.

Zur Sicherheit rief meine Mutter in Moskau bei ihrer Schwester an, obwohl diese in der letzten Zeit wegen der politischen Differenzen kaum ansprechbar war. Sie fluchte über den Westen und hielt uns für Überläufer.

»Hühnerfett, Bratschwarten, Zwiebel, Mehl,

Grießbrei, Ei, ein wenig Hühnerbrühe, was habe ich vergessen?«, fragte meine Mutter sie.

»Ihr seid Faschisten und Faschistenhelfer, Heimatverräter, fünfte Kolonne. Eure Nato wird euch aber nicht helfen, Russland steht auf!«

Die Schwester war nicht immer so gewesen. Sie hatte bloß eine Überdosis russisches Propagandafernsehen abbekommen, ihr Weltbild war verrutscht. Wie Millionen Landsleute dachte sie nun, die Sowjetunion wäre im Kalten Krieg von Verrätern und Spionen kaltgemacht worden, damit die USA die Weltherrschaft erringen konnten. Doch der russische Präsident hatte diesen Plan schon damals durchschaut, als er noch in Dresden gegen den Westen spionierte. Damals wurde ihm klar, dass alle westlichen Politiker nur Puppen waren, die von Wirtschaftsbossen abhingen. Ihr Gerede von Freiheiten und Rechten waren bloße Floskeln. In Wahrheit glich der Westen einem Kasino, dessen Chefs die wahre Weltregierung bildeten. Die Russen kamen ins Kasino, bekamen die Chips auf Kredit und die Regeln erklärt und warteten lange auf das Glück. Bis dem Präsidenten der Kragen platzte.

»Wir spielen nicht an eurem Tisch, wir wollen einen Anteil am Kasino haben! Wir stehen auf!«, sagte er und überfiel die Ostukraine, um dem Westen zu zeigen, wie ernst ihm die Sache war.

Das hat Mutters Schwester Tag für Tag im Fernsehen erzählt bekommen. Kein Wunder, dass sie durchgedreht war.

»Die Nüsse hast du vergessen«, sagte die Schwester. »Walnüsse, klein gerieben, musst du reintun, das gibt dem Huhn einen speziellen würzigen Geschmack. Guten Appetit und grüß die Weltregierung von mir«, sagte sie und legte auf.

Meine Mutter ging einkaufen und kochte zwei Tage lang dieses aufwändige Gericht. Die anderen Familienmitglieder boykottierten das Huhn. Sie hatten sich ausgeklügelte Ausreden einfallen lassen: Walnussallergie, Grießbrei-Intoleranz. Meine Tochter entdeckte bei sich eine seltene Phobie – die Angst vor ausgestopften Lebewesen. Am Ende wurde ich quasi mit dem gefilten Huhn unter vier Augen allein gelassen. Und trotzdem hatte ich das Gefühl, dass meine Mutter durch die Beschaffung des Rezepts möglicherweise einen neuen Krieg verhindert hat. Wir müssen um jeden Preis im Ge-

spräch bleiben, Hauptsache Weltfrieden, dachte
ich. Und aß das gefilte Huhn, das Symbol dieses
brüchigen Friedens, komplett auf.

## Die Welt verstehen

Einmal im Jahr, im Juni, fahre ich mit meiner Mutter und meiner Kreuzberger Tante zum Jüdischen Friedhof nach Weißensee, um das Grab meines Vaters zu besuchen. Und jedes Mal regnet es. Wie damals vor vielen Jahren, als er starb. Einen Unterschied gibt es allerdings: Der Friedhof ist gewachsen. Jedes Jahr verlaufen wir uns und staunen über die neuen Reihen frisch Verstorbener, die links und rechts, vor und hinter dem Grab meines Vaters platziert wurden.

Als ich diesen Friedhof zum ersten Mal besuchte, lag mein Vater in einer Ecke am Rande des Friedhofs auf einer kleinen von Bäumen umrahmten Wiese, auf der er quasi allein war. Heute hat er eine große bunte Gesellschaft um sich versammelt. Männer und Frauen, die sehr lange oder viel zu kurz gelebt haben. Man sieht viele Grabsteine und

Blumentöpfe, und einer hat sogar eine Mini-Plantage mit Lauch und Petersilie auf seinem Grab. Vielleicht war er zu Lebzeiten Gärtner gewesen.

Wie viele Geschichten liegen in Weißensee begraben, wie viele Biografien. Den Namen nach zu urteilen sind fast alle hier Begrabenen wie wir aus der Sowjetunion nach Deutschland eingewandert. Nicht umsonst wird der Jüdische Friedhof oft »Russischer Friedhof« genannt. Auch der Friedhofsaufseher, der am Eingang die Kippas für die männlichen Besucher verteilt, weil Männer ohne Kopfbedeckung das Territorium nicht betreten dürfen, ist ein Landsmann von mir und Leser. Gleich beim ersten Besuch erwies er sich als Fan und bat mich um ein Autogramm.

Einmal bin ich mit ihm zusammen vor seine Tür eine rauchen gegangen. »Herr Kaminer«, sagte der Friedhofsaufseher, »ich lese Ihre Bücher gerne, es ist mir immer eine große Freude. Ich habe sogar einmal geträumt, dass ich Sie hier treffe. Früher oder später landen doch alle Russen bei uns. Wenn ich also irgendetwas für Sie tun kann, sagen Sie Bescheid.«

Ich war ehrlich gesagt über seine Hilfsbereit-

schaft etwas überrascht. Was konnte ich von einem
Friedhofsaufseher haben wollen? Eine Platzreser-
vierung in einer kuscheligen Ecke? Einen Blumen-
topf? Anständige Nachbarn? Hinter meinem Vater
liegt ein Mann, dessen Schwiegertochter sich un-
glaubliche Mühe gibt. Sie kommt wahrscheinlich
jede Woche, putzt, wischt und wechselt die Blumen. Andere Grabstätten verwildern schnell. Wir
selbst sind mittelgute Verwandte: nicht zu lasch,
aber auch nicht so gewissenhaft wie die Schwiegertochter des Nachbarn. Meine Mutter hat am
Grab meines Vaters nichts gepflanzt, sie kommt immer mit einem Strauß weißer Narzissen – Blumen,
die mein Vater besonders heftig verabscheute. Ich
habe immer ein kleines Fläschchen Wodka und ein
Stück Brot für ihn dabei. Nach altem heidnischem
Brauch verteile ich die Brotkrümel übers Grab und
gieße den Wodka darüber aus, obwohl meine Mutter und meine Tante stets dagegen sind und es mir
verbieten wollen. Sie selbst spielen auf dem Friedhof immer das gleiche Spiel: Sie lesen die Namen
auf den Grabsteinen und versuchen Bekannte zu
finden, Menschen, die sie noch im Ausländerheim
oder im Kulturverein des Russischen Hauses ken-

nengelernt hatten. Jedes Jahr finden sie hier alte
Bekannte und lästern ein wenig über die vergange-
nen Zeiten.

Je älter man wird, umso weniger lebende Freunde
hat man, mit denen sich gemeinsame Erinnerungen
verbinden. Meine Mutter hat drei Freundinnen in
Berlin und drei in Moskau. Ihre Moskauer Jugend-
freundinnen sind aus meiner Sicht steinalte Tanten,
weit über achtzig Jahre alt. Meine Mutter telefoniert fast täglich mit ihnen, um eine neue Portion
schlechter Nachrichten zu bekommen. Ihre Moskauer Freundinnen sind nämlich stets krank oder
haben kranke Männer oder Ärger mit ihren inzwischen erwachsenen Kindern, die längst ausgezogen
sind und sie selten besuchen.

Diese stundenlangen Telefonate mit Russland
bringen meine Mutter in traurige Stimmung. Zum
Ausgleich läuft immer ein russischer Fernseh-
kanal – dort ist die Welt immer rosa, und alle Menschen sind schön, gesund und stolz auf ihr Land
und ihren Präsidenten. Sie freuen sich, jemanden
zu haben, der geschickt genug ist, alle ihre Probleme zu lösen, der sie beschützt und auf die Krim
in Urlaub schickt. Der Präsident, obwohl seit dem

vorigen Jahrhundert im Amt, strotzt geradezu vor Energie. Jeden Tag erscheint er im Fernsehen und erzählt, was für tolle Ideen und Projekte er zur weiteren Entwicklung Russlands habe.

»Unser Land muss größer werden«, sagt er, »die Bürger reicher und schöner.«

Nach den Telefonaten meiner Mutter zu urteilen steht das Land allerdings bereits mit beiden Füßen im Grab. Diese schreiende Diskrepanz zwischen den Nachrichten aus dem Telefon und denen aus dem Fernseher sticht ins Auge und Ohr. Auf der einen Seite hat man die ständig klagenden Menschen am Telefon, denen nichts (mehr) gefällt, auf der anderen Seite die unverbesserlichen Optimisten in der Glotze.

Meine Mutter ist in der Sowjetunion aufgewachsen und weiß daher, dass es schon immer zwei Welten gegeben hat: die Fernsehwelt, wo alles immer ganz gut klappt, und die reale Welt der Sorgen und Nöte. Es gibt sogar eine mystische Verbindung zwischen den beiden Welten, das haben wir noch in der Sowjetunion festgestellt: Je besser es den Fernsehmenschen geht, umso schlimmer sieht es in der Wirklichkeit aus.

Nach dem Friedhofsbesuch gehe ich zu Mama und bleibe dort eine Weile, um mir ein Bild zu machen, wie es ihr geht. Das Telefon klingelt. Die Tanten klagen, sie hätten keine Lebenslust und kein Geld mehr. Das Fernsehen schummert leise vor sich hin. Dort melken glückliche Leute glückliche Kühe, und alle lächeln. Mitten in den Nachrichten wird der Präsident gezeigt, wie er Papiere unterzeichnet und nachdenkt.

»Ich habe«, sagt er, »eine neue tolle Idee, wie wir unser Leben noch besser gestalten können, obwohl es ja besser kaum noch geht.«

Seine Augen strahlen Selbstbewusstsein und Sicherheit aus. Mich erinnert er an den Rabbiner aus dem alten jüdischen Witz, in dem der Rabbi einem Bauern ständig Ratschläge gibt, was er zu tun habe, damit seine Hühner nicht sterben. Mal rät er, die schwarzen von den weißen zu trennen, mal bringt er den Bauern auf die Idee, die Hühner ein paar Tage nicht zu füttern.

Der Bauer befolgt alle Ratschläge, aber die Hühner sterben trotzdem weiter. Irgendwann sind alle tot.

»Schade«, sagt der Präsident.

»Pfui«, sagt der Rabbiner. »Ich hatte noch so viele gute Ideen!«

Wir essen mit meiner Mutter eine Kleinigkeit und trinken auf ein langes glückliches Leben.

## Sich an früher erinnern

Mit Mama und der Kreuzberger Tante schaute ich mir im russischen Fernsehen die Nachrichten aus der Heimat an. Es gibt dort noch einen alternativen Kanal, der dem Staatsfernsehen trotzt. Dort wird berichtet, dass die Anführer der russischen Opposition es nicht leicht haben. Ihre Wohnungen werden durchsucht, und bei einer Fernsehmoderatorin beschlagnahmten die Uniformierten viel Geld aus dem Küchenschrank. Ihrem Freund stahlen sie aus dem Schreibtisch seiner Mutter alles Schriftliche, das von ihm stammte, einschließlich seiner Grundschulzeugnisse und Geburtstagspostkarten.

Es war jedoch nichts Neues für uns, dass dieser Staat seinen Bürgern gern in die Taschen oder unters Bett schaute. Meine Mutter und meine Tante fühlten sich sofort an ihre Kindheit und Jugend erinnert. Beide hatten schon mindestens eine Durch-

suchung erlebt. Meine Mutter erinnerte sich weh-
mütig, wie damals, 1937, als sie noch ein kleines
Kind war, Menschen in Uniform kamen und die
ganze Wohnung auf den Kopf stellten. Ihr Vater,
mein Großvater, war beschuldigt worden, innerhalb der Kommunistischen Partei eine von der
Hauptlinie abweichende Fraktion gründen zu
wollen. Sie suchten die halbe Nacht nach Beweisen und beschlagnahmten am Ende zwei Kopfkissen und das ganze Geld. Sogar das Sparschwein
meiner Mutter zerschlugen die Menschen in Uniform. Die großen Münzen wurden als mögliches
Beweismaterial mitgenommen, die kleinen ließen
sie liegen. Mein Großvater wurde nach zwei Mona-
ten aus dem Gefängnis entlassen, ihr Sparschwein-
geld hat meine Mutter nie wiedergesehen. Als Kind
dachte sie, es wäre bei Stalin in der Schatzkammer
gelandet.

Meine Kreuzberger Tante, die Schwester meines Vaters, erinnerte sich, wie 1964 bei ihren Eltern
die Wohnung durchsucht wurde. Sie lebten damals
in einer kleinen ukrainischen Stadt, und der Vater
meiner Tante – mein anderer Großvater – hatte in
einem Betrieb zur Verarbeitung von Buntmetallen

die Buchhaltung gemacht. Inzwischen weiß keiner mehr genau, was damals der Grund für den Besuch gewesen war. Entweder waren die Metalle falsch verarbeitet worden, oder sie waren der Regierung zu bunt geworden, jedenfalls klingelte es eines Morgens um fünf Uhr früh bei der Tante. Einen Tag zuvor waren im Betrieb die Gehälter ausgezahlt worden, und mein Großvater hatte noch nicht einmal eine Kopeke davon ausgegeben. Die Durchsuchung dauerte bis zum späten Nachmittag. Das Buchhalter-Gehalt wurde als mögliches Beweismaterial mitgenommen, dazu sein Hut und ein Ventilator. Außerdem hatten die Uniformierten auf der Suche nach versteckten bunten Metallen oder anderen Schätzen im Garten die ganze Erde umgegraben.

Die Tante erinnerte sich, wie sie noch zitternd die ganze Skoworoda-Straße heruntergelaufen war, um bei Nachbarn Geld zu borgen. Ihre Eltern hatten sie zu Freunden in der Nähe geschickt. Doch an diesem Tag war bei jeder zweiten Familie in der Straße eine Durchsuchung vorgenommen worden. Es war nicht leicht, jemanden zu finden, der noch Geld hatte. Alle Wohnungen waren auf den Kopf gestellt worden, alle Gärten umgegraben.

Im Nachhinein hatten viele, besonders die älteren und einsam lebenden Einwohner der Skoworoda-Straße, diese Erleichterung der Gartenarbeit durch den Staat zu schätzen gewusst. Der Dichter Grigorij Skoworoda, nach dem die Straße benannt war, befand sich zu diesem Zeitpunkt schon lange nicht mehr unter den Lebenden. Auf seinem Grab stand: *Die Welt griff nach mir, fing mich aber nicht.* Woraus sich schließen ließ, dass auch er einige Hausdurchsuchungen durchlitten, doch alles gut versteckt hatte.

Meine eigene Hausdurchsuchung im Moskau der späten Achtzigerjahre war weniger spektakulär. Meine damalige Freundin hatte ein ausgeprägtes Modebewusstsein und suchte ständig nach neuen innovativen Stoffen, um ihre Garderobe aufzufrischen. Die Geschäfte in der Sowjetunion hatten hier allerdings wenig zu bieten. Einmal ging meine Freundin daher mit einer Schere bewaffnet sehr früh am 1. Mai, dem Tag der Solidarität mit der Arbeiterklasse, auf die Straße. Sämtliche Häuser waren anlässlich der Feierlichkeiten an allen Ecken mit roten Fahnen dekoriert worden. Sie kletterte eine Hausfassade hoch und schnitt zwei Fahnen für private Zwecke ab. Daraus nähte sie sich ein Oberteil. Ich erinnere mich noch dunkel an die Form, die Sterne waren vorne an der Brust. Aber die Nachbarn haben wahrscheinlich gepetzt: Sehr schnell hatten wir die Miliz im Haus. Die Durchsuchung dauerte nicht lange, wir hatten kaum Bares, nicht einmal ein Sparschwein. Meine Freundin wurde der Beschädigung von Staatseigentum beschuldigt, doch zum Glück hatte für diesen Staat schon längst der Wecker geklingelt. Er hatte sich bereits selbst bis zum Vollschaden beschädigt.

Wir haben uns diese Geschichte damals nicht zu Herzen genommen. Wir hatten nur Quatsch im Kopf, wir waren, um es in moderner Sprache auszudrücken, Teenies. Die heutigen Teenies gingen übrigens während der Fußballeuropameisterschaft massenhaft mit Scheren bewaffnet in Berlin auf die Straße und schnitten von den Autos besonders scharfer Patrioten die goldenen Streifen von deren Fahnen ab. Die verwandelten sich dadurch in Symbole der Anarchie. Die goldenen Streifen wiederum wurden zum Angeben an die Skateboards und Fahrräder geklebt, sodass sie beim Fahren in der Luft flackerten.

# Träumen

Meine Mutter erzählte gelegentlich ihren beiden besten Freundinnen ihre Träume. Neulich träumte sie, dass sie alle drei durch die Wüste wanderten und eine übergroße knallgelbe Sonne ihnen den Weg erhellte. Meine Mutter will hinter jedem Traum einen versteckten Sinn entdecken, also forschte sie nach:

»Drei Omas in der Wüste, was könnte das bedeuten?«, fragte sie.

»War die Sonne wirklich gelb, bist du sicher?«, fragte ihre Freundin, die Musik-Oma, nach.

Ein Leben lang hat meine Mutter tief und ruhig geschlafen. Sie hat so gut wie nie geträumt beziehungsweise konnte sich morgens an keine Träume erinnern. Mit dem Alter wurde sie jedoch immer öfter von Träumen heimgesucht, die ein perfektes Kino boten: Dreidimensional und in Farbe spielten sie reale Geschichten aus der Vergangenheit nach und gaben ihnen eine märchenhafte Dimension.

Meiner Mutter passiert allerdings auch in Wahrheit Märchenhaftes. Kurz vor Weihnachten war sie zur russischen Kaufhalle gegangen, um einen lebenden Karpfen zu kaufen. Laut irgendeiner deutschen Hygieneanordnung musste der lebende Fisch jedoch vom Verkäufer artgerecht getötet werden, bevor er an den Käufer weitergereicht werden durfte. Der Verkäufer schlug dem Fisch also mit einem stumpfen Gegenstand auf den Kopf, warf ihn in eine Plastiktüte und überreichte diese meiner Mutter. Zu Hause angekommen schaute sich meine Mutter ihren Einkauf an: Der Fisch atmete. Auf jeden Fall bewegten sich seine Kiemen. Meine Mutter steckte den Fisch in die Kühltruhe und ließ ihn über Nacht dort. Als sie die Kühltruhe am nächsten Morgen aufmachte, staunte sie nicht schlecht: Der Karpfen lebte noch immer. Er schaute meine Mutter aus der Kühltruhe mit strengem Blick an und sah lebendiger aus als Lenin im Mausoleum. Meine Mutter war verblüfft. Sie holte den Fisch aus der Truhe und legte ihn auf den Küchentisch.

»Sag mir, Fischlein, was das soll?«, fragte sie ihn. Denn nach allen Gesetzen der Dramaturgie musste ein Fisch, der eine ganze Nacht in der Kühltruhe überlebt hatte, jetzt anfangen zu reden. Er sollte wahrscheinlich wie im Märchen meiner Mutter drei Wünsche erfüllen, falls sie ihn freiließ.

Doch der Fisch lag auf dem Tisch und schwieg.

Meine Mutter brachte es nicht über sich, diesem kälteunempfindlichen, schweigsamen Karpfen das Leben zu nehmen. Sie packte ihn wieder in die Tüte, fuhr mit der Straßenbahn in den Wedding zum Plötzensee und warf ihn dort ins Wasser. Einen Tag später erschien ihr der Karpfen im Traum. Er war goldgelb und sprach meine Mutter an:

»Sehr geehrte Shanna Kimowna«, sagte der Fisch – er hatte ein fast menschliches Gesicht und eine angenehme tiefe Stimme. »Vielen Dank, Shanna Kimowna, dass Sie mir das Leben gerettet haben. Sie sind für mich wie eine zweite Mutter, und wenn Sie irgendwelche Probleme haben, Fragen oder Wünsche – kommen Sie an den Plötzensee. Ich werde dort für Sie da sein.«

Mir erzählte meine Mutter diesen Traum so gefühlvoll, als sollte ich den Fisch ab sofort als meinen Halbbruder akzeptieren.

»Das ist doch alles Quatsch, Mama«, sagte ich. »Das ist ein Märchen. Nur war es im Märchen eben ein Goldfisch und bei dir ein Goldkarpfen, weil du im Alltag nichts mit Goldfischen zu tun hast.«

Meine Mutter erzählte den Traum ihren Freundinnen.

»War der Fisch wirklich gelb?«, fragte die Musik-Oma nach. »Dann hast du schizophrene Träume. Ich habe gelesen, dass nur Menschen mit psychischen Störungen Träume in Farbe sehen. Normale Menschen sehen sie in Schwarz-Weiß.«

Meine Mutter las im Internet mehr darüber. Wenn man dem Netz glauben darf, sind Armeen von Wissenschaftlern seit Jahrzehnten damit beschäftigt, die Farbigkeit von Träumen zu erforschen. Über die Ursachen haben sie sich alle zerstritten. Die einen Traumforscher meinen, erst durch die Erfindung des Farbfernsehens hätten Menschen bunte Träume. Solange das Fernsehen schwarz-weiß blieb, träumten die meisten auch schwarz-weiß. Eine andere Gruppe von Wissenschaftlern ist sich sicher, dass die Farbe im Traum mit der Ernährung zusammenhängt. Mit anderen Worten: Nimmt man viel Obst und Gemüse zu sich, rote Paprika, gelbe Bananen, orangenfarbene Apfelsinen und grüne Gurken, träumt man auch in Farbe. Ernährt man sich dagegen nur von Butterbrot, träumt man farblos.

All diese Theorien fanden im Experiment jedoch keine Bestätigung. Die Wissenschaftler sperrten Menschen für Monate ein und gaben ihnen nur Roggenbrot, dazu durften sie nur schwarz-weiß fernsehen. Trotzdem hatten sie bunte Träume. Umgekehrt träumten Menschen, die nur Apfelsinen aßen, schlecht.

Die Musik-Oma empfahl meiner Mutter, sich gegen schlechte Träume auf den Kopf zu stellen. Das praktiziere sie selbst vorbeugend gegen Alzheimer und zur Stärkung des Erinnerungsvermögens. Ihr Arzt habe ihr gesagt, nichts stärke das Erinnerungsvermögen und den Intellekt besser als Kopfstehen am frühen Morgen. Meine Mutter wollte sich nicht auf den Kopf stellen.

»Auf diese Weise trainierst du nicht dein Hirn, sondern verengst nur deinen Hals«, meinte sie.

»Lies besser ein Buch, etwas Leidenschaftliches, den *Archipel Gulag* zum Beispiel.«

Nein, ein Buch zu lesen käme nicht infrage, erwiderte die Musik-Oma. Der Arzt ihres Vertrauens habe ihr nun mal den Kopfstand empfohlen. Auf diese Weise würde das Blut besser in die Gehirnzellen fließen und diese vor Krankheiten und Verschleiß schützen, hatte er gemeint.

Die andere Freundin meiner Mutter, die Kommunisten-Oma, stand auch nicht kopf. Sie machte Atemgymnastik, Tai-Chi und aß frischen Meerrettich, den sie selbst rieb. Der Meerrettich war eine scharfe Angelegenheit, und die Oma weinte echte Tränen beim Reiben. Dann ging sie auf den Balkon und schrie den Meerrettich nach den besten Regeln der Tai-Chi-Gymnastik heraus. Die Nachbarn hatten sich daran gewöhnt. Wenn sie das Kriegsgeschrei hörten, wussten sie: Da hat die Kommunisten-Oma wieder ihren Meerrettich gerieben. Um ihr Gedächtnis zu stützen, kuckt sie sich außerdem russische Fernsehserien an, die längsten der Welt. Die erzählt sie später meiner Mutter am Telefon nach.

Einmal habe ich dabei zugehört. Die Serie hieß

»Die Unwissende« oder so ähnlich und war ein end-
loses Drama über ein schweres Frauenschicksal. Es
ging um eine junge Frau, die von nichts wusste. Sie
wusste nicht, wer ihr Vater war, sie wusste nicht genau, wen sie liebte und wen nicht, sie wusste nicht,
von wem sie schwanger war, sie wusste nicht, ob sie
das Kind behalten sollte, sie wusste nicht, dass ihr
Opa schwer krank war, und sie wusste nicht, dass
ihr Freund sie mit einer anderen betrog. Sie wusste
nur, dass ihr Opa ein Geheimnis vor ihr hütete:
Er hatte ihr kurz vor seinem Ableben noch etwas
Wichtiges sagen wollen – aber sie wusste nicht, was.

Die Kommunisten-Oma weiß nicht, welche
Serie sie meiner Mutter bereits erzählt hat und
welche nicht. Wahrscheinlich vergisst sie tatsächlich, was sie schon gesehen hat, und kuckt sich deswegen dieselbe Serie immer wieder an. Ich habe
nämlich im Internet nachgesehen: Diese Seifen-
oper hat eigentlich nur vier Folgen. Die Kommunisten-Oma erzählt sie meiner Mutter aber schon
seit über einem Jahr – und die macht sich Notizen,
wenn ihre Freundin anruft, damit sie den Über-
blick nicht verliert.

Ein andermal träumte meine Mutter, sie würde

in einem gelben Reisebus sitzen und alle Mitrei-
senden gut kennen. Alle Plätze im Bus waren von
Menschen besetzt, die ihr teuer und lieb waren:
ihre Jugendliebe, der Chemielehrer aus der Schule,
ihre Eltern, ihre durchgeknallte Schwester und ihre
beiden besten Freundinnen, die Musik-Oma und
die Kommunisten-Oma. Sie kannte alle im Bus
außer dem Fahrer. Auch wusste sie nicht, wohin
die Reise ging. Und trotzdem war sie glücklich im
Traum.

»Wie schön«, dachte sie, »dass es sich endlich ge-
klärt hat und wir in diesem Bus sitzen und alle anderen in den anderen Bussen.«

Der Busfahrer gratulierte der Reisegruppe über
das Mikrophon mit den gleichen Worten, als könnte
er die Gedanken meiner Mutter lesen: »Wie schön«,
sagte er, »dass wir uns alle hier in diesem Bus versammelt haben. Um die anderen brauchen wir uns
nicht mehr zu kümmern, sie sollen selbst zusehen,
wie sie klarkommen.«

Meine Mutter wollte dem Busfahrer die ganze
Zeit ins Gesicht schauen, aber es ging nicht. Sie
sah nur seine breiten Schultern und seine Hände
am Lenkrad. Auf der einen Hand hatte er ein altes

Tattoo, ein Herzchen mit der Aufschrift »Danke, Mama«.

»Vielleicht bin ich gestorben und fahre mit dem Bus in den Himmel«, dachte meine Mutter im Traum und wachte auf.

Sie erzählte jeder Freundin ihren Traum.

»War der Bus wirklich gelb?«, fragte die Musik-Oma.

Die Kommunisten-Oma schwieg.

## Schildkröten sammeln

Meine Mutter hatte schon immer einen eigenartigen Geschmack. Aus der Vielfalt der Farben und Formen, die uns Mutter Natur anzubieten hat, bevorzugte sie Rundes und Grünes: Der Kaktus war ihre Lieblingspflanze, die Schildkröte ihr Lieblingstier. Beide gelten als Symbole der Langsamkeit und endlosen Vegetation. Ihren ersten Kaktus kaufte meine Mutter in Moskau sofort nach dem Einzug in ihre erste eigene Wohnung, noch bevor sie sich ein Sofa und einen Fernseher zulegte. Als Zeichen der Dankbarkeit und der Verbundenheit mit seiner Besitzerin entfaltete die Pflanze drei Jahre später eine gelbe Blüte. Meine Mutter war überglücklich. Sie zeigte sie jedem Gast als größte Sehenswürdigkeit des Planeten. Später in Berlin, wo es eine Menge Kakteen in allen Formen und Größen gab, erweiterte meine Mutter ihre Plantage.

Die erste Schildkröte meiner Mutter war ein aus Holz geschnitztes Souvenir. Sie hatte es auf dem Flohmarkt gekauft, stellte es neben dem Kaktus auf das Fensterbrett und zeigte es den Besuchern mit Stolz. Diese hölzerne Schildkröte wurde von Freunden und Verwandten meiner Mutter als Aufruf verstanden. Seitdem bekam meine Mutter zu jedem Feiertag, zu jedem Geburtstag und von jedem Weihnachtsmann nichts als Schildkrötenfiguren geschenkt. Schildkröten aus Glas und Metall, Schildkröten als Schmuck oder Kinderspielzeug, Schildkröten als Kühlschrankmagnete, Schildkröten als Kalender … Meine Mutter musste sich einen extra großen Glasschrank und eine Vitrine für ihre Schildkröten anschaffen. Beides wurde schnell voll.

Der Schildkrötenwahn gipfelte darin, dass meine Mutter zu ihrem 83. Geburtstag vom Mann ihrer Schwester eine lebendige rotbeinige Schildkröte aus Brasilien bekam. Bis dahin hatte meine Mutter jahrelang ruhig und allein mit ihrer Katze Wassilissa gelebt. Wassilissa war eine Maine-Coon-Katze, also kein Streicheltier, kein Kuschelkätzchen, sondern eine kaltblütige Jägerin. Die meiste

Zeit ihres Lebens verbrachte Wassilissa ihren Ins-
tinkten folgend auf dem Küchenschrank, auf den
sie auch farblich abgestimmt war und damit vollkommen unsichtbar. Sie kontrollierte den Raum
und wartete, bis irgendeine Nahrung vorbeilief.
Ihrer inneren Stimme gehorchend sollte sie dann
aufs Essen springen und es plattmachen. Weil sie
aber zwei Mal am Tag ihren Hunger mit Katzenfutter stillte und nichts Schmackhaftes durch die
Wohnung meiner Mutter lief, blieb Wassilissa die
ganze Zeit auf dem Schrank sitzen.

Die rotbeinige Schildkröte Lena erwies sich entgegen dem Ruf ihrer Artgenossen als hektisches,
unruhiges Wesen. Anders als die Katze konnte sie
keine Minute still sitzen und befand sich Tag und
Nacht in Bewegung. Meine Mutter musste Lena
ständig hinterherlaufen, damit die sich nicht in eine
lebensgefährliche Situation brachte. Dabei fühlte
sich meine Mutter wie Achill aus dem berühmten Paradoxon von Zenon: Auch sie konnte ihre
Schildkröte seltsamerweise nicht einholen. In dem
Paradoxon des Griechen kann Achill, der schnellste
Läufer der Antike, die Schildkröte Lena nicht einholen, weil sie einen Vorsprung hat. Und eine

Schildkröte hat einem Läufer gegenüber immer einen Vorsprung, weil die Läufer normalerweise zunächst auf dem Sofa vor dem Fernseher sitzen und Nachrichten kucken. Sie müssen sich erst einmal in Bewegung setzen, die Schildkröte läuft aber von Anfang an. Egal wie schnell Achill der Schildkröte hinterherläuft, sie schafft es immer wieder, sich ein kleines Stück von ihm zu entfernen. Der Abstand zwischen den beiden wird zwar immer kleiner, bis er mit dem bloßen Auge gar nicht mehr wahrnehmbar ist, aber solange die Schildkröte sich bewegt, kann Achill sie nicht überholen.

Dieses Paradoxon wurde in der Theorie von der modernen Wissenschaft längst widerlegt, weil auch eine endlose Reihe aus endlichen Stückchen besteht. Und in der Praxis hat es sowieso nie funktioniert. Im wahren Leben wird die Schildkröte von Achill schnell zertrampelt, oder er überspringt sie und läuft weiter. Die beiden bemerken einander wahrscheinlich nicht einmal. Ich glaube aber, auch in diesem Fall gibt es Ausnahmen, denn wenn statt Achill meine Mutter der Schildkröte hinterherläuft, funktioniert das Paradoxon von Zenon glänzend. Jeden Tag bekam ich Anrufe:

»Meine Schildkröte ist verschwunden! Ich habe überall nachgeschaut – auch in der Küche und im Bad, aber ich kann Lena nicht mehr finden. Kannst du mir bitte helfen, sie zu suchen?«

Diese Schildkröte hat die Gabe, spurlos irgendwohin zu verschwinden und im nächsten Augenblick am anderen Ende des Zimmers wieder aufzutauchen. Zum Glück waren ihre Wanderungen durch die Größe der Wohnung begrenzt. Nicht auszudenken, was passieren würde, wenn Lena es nach draußen schaffen könnte. Wir müssten eine Vermisstenanzeige aufgeben:

»Schildkröte entlaufen, rote Beine, grüner Panzer. Heißt Lena, hört aber nicht auf diesen Namen.«

Wie peinlich wäre das denn? Wie zwei Achillen liefen meine Mutter und ich Lena hinterher. Wir fanden sie überall: hinter dem Sofa, hinter der Heizung, unter dem Teppich oder in der Küche mit einer Zeitung getarnt. Sogar Wassilissa, die vom Schrank aus rund um die Uhr die Wohnung observierte und viel besser über Lenas Aufenthalte Bescheid wusste als irgendjemand sonst, bekam einmal beinahe einen Herzinfarkt, nachdem sich die Schildkröte in ihrem Katzenklo eingegraben hatte.

Wassilissa saß gerade in einer intimen Angelegenheit in der berühmten Adlerposition auf dem Klo, als der Sand unter ihrem Hintern plötzlich anfing, sich zu bewegen. Wassilissa war zutiefst schockiert.

Einmal merkte ich, dass Lena nur zur Ruhe kam, wenn sie auf bedrucktem Papier saß, auf einer Zeitschrift oder auf einem meiner Bücher, die überall bei der Mutter lagen. Buchstaben wirkten offenbar beruhigend auf sie. Vielleicht konnte die Schildkröte lesen?

Trotz der anstrengenden endlosen Sucherei mochte meine Mutter sie sehr. In den Zeitungen und im Internet suchte sie gezielt nach Berichten über Schildkröten. »Unwetter in New York«, »Bahnstreik in Deutschland«, »Wahlen in Griechenland«, »Krieg in der Ukraine« überblätterte sie gleichgültig. »Rotbeinige Schildkröte über dreißig Jahre in Brasilien vermisst – jetzt bei bester Gesundheit aufgetaucht« – an einer solchen Nachricht kam meine Mutter nicht vorbei. Im fernen Brasilien war eine Schildkröte bei einem Umzug verloren gegangen. Sie hatte sich auf dem Dachboden in einer Kiste mit alten Büchern versteckt, vielleicht weil sie sich selbst wie ein altes Buch fühlte. Dreißig Jahre lang stand das Haus leer, bis eine neue Familie einzog und die Schildkröte auf dem Dachboden fand. Wahrscheinlich beim Lesen. Ein Tierarzt erklärte, eine Schildkröte sei in Sachen Ernährung unprätentiös: Sie fräße normalerweise Gras, Früchte und Gemüse, könne sich aber unter Umständen auch von Termiten, Käfern oder sogar toten Ratten ernähren.

Meine Mutter war von der Überlebensfähigkeit der Schildkröte begeistert. Ich fand die Nachricht problematisch. Die Lebenserwartung einer rotbeinigen Schildkröte ist gar nicht so hoch. Nach wissenschaftlichen Erkenntnissen hätte Lena eigentlich tot sein müssen, noch bevor Achill die Midlife-Crisis erreichte. Ich bin deswegen davon überzeugt, dass sie eine andere Schildkröte auf dem Dachboden gefunden haben. Eine, die zum Lesen dort hingekommen war. Ich glaube, Schildkröten sind begeisterte Leserinnen. Und ich glaube, auf jedem Dachboden in Brasilien sitzt eine alte Schildkröte, die über das Leben nachdenkt.

## Für Handwerker Bier kaufen

Vor einiger Zeit merkte ich, dass die Schrift in meinen gedruckten Büchern immer kleiner wurde. Zuletzt waren die Buchstaben so klein, dass ich beim Vorlesen auf der Bühne mehrmals ins Stottern geriet. Eine merkwürdige Verlagspraktik, dachte ich. Wollen sie etwa Papier sparen? Ich rief bei meiner Verlegerin an und beschwerte mich über die Verkleinerung der Schrift. Ich werde mich mal kundig machen, meinte sie und schrieb mir nach einer Weile zurück, die Schriftgröße sei eigentlich in den ganzen Jahren konstant geblieben. Der Verlag erklärte sich allerdings bereit, sofern es mein Wunsch sei, mir ein extra Vorleseexemplar mit größeren Buchstaben drucken zu lassen, aber auf Dauer wäre das keine Lösung. Offensichtlich brauchte ich eine Lesebrille.

Beim Schreiben und Vorlesen unveröffentlichter

Texte habe ich das Problem schnell gelöst, indem ich von einer 12-Punkt-Schrift auf eine 14-Punkt-Schrift umgestiegen bin. Das ist aber ein schwacher Trost. Du bist jetzt 48 Jahre alt, du kannst nicht jedes Jahr eine größere Schrift nehmen, sagte ich zu mir. Der Tag wird kommen, da du einen Buchstaben pro Seite hast. Das wird dir das Vortragen deiner Geschichten enorm erschweren. Meine Mutter hatte eine ganze Kiste voller Lesebrillen, die sie zum Zeitunglesen, Fernsehkucken und Computerspielen benutzt, da würde ich sicher das Passende finden. Also rief ich sie an.

»Bitte«, sagte sie, »ich würde dir meine Lesebrillen gern ausleihen, aber nicht heute. Heute erwarte ich die Handwerker.«

Meine Mutter betonte es derart bedeutungsvoll, als würde sie den Bundespräsidenten persönlich erwarten und nicht Udo und Jörg vom Sanitäranlagengeschäft zwei Häuser weiter, die meine Mutter schon zum dritten Mal besuchten, um ihre kaputte Toilettenspülung zu reparieren. Bis jetzt ohne nennenswertes Ergebnis. Die Spülung hatte anscheinend eine eigene Intelligenz entwickelt. Wenn die Handwerker kamen, tat sie so, als sei sie in Ordnung. Kaum verließen die Männer die Wohnung, floss das Wasser wieder durch. Dann wartete meine Mutter einige Tage, telefonierte mit den Handwerkern und bestellte sie erneut.

Ich glaube mittlerweile, es geht ihr gar nicht um die Spülung. Meine Mutter vergöttert Handwerker. Jedes Mal bereitet sie sich gründlich auf ihren Besuch vor. Sie kauft Bier in grünen Flaschen ein, kocht Kaffee und stellt einen Aschenbecher für sie auf den Balkon! In ihrer Wertung von Berufen stehen Handwerker ganz oben, zusammen mit Kosmonauten, Eiskunstläufern und Schauspielern. In der Mitte sind Verkäufer und Ingenieure, ganz unten die Schriftsteller. Meine Literatur hält sie nicht für richtige Arbeit. In ihren Augen bin ich bloß ein Spinner, der sich lustige Geschichten ausdenkt, während die Klo-Spezialisten Udo und Jörg am Lenkrad der Welt sitzen.

Mich wundert das nicht. Meine Mutter wurde in der Sowjetunion sozialisiert, in einer Diktatur des Proletariats. Bei uns waren Menschen, die handwerkliche Talente besaßen, besonders begehrt. In der mangelhaften Planwirtschaft waren wir auf uns selbst angewiesen. Handwerker waren in meiner

Heimat daher eine besonders begehrte Kaste. Es gab Menschen, die zu Hause Möbel bauten, Menschen, die auf dem Fensterbrett Beete mit exotischem Gemüse anlegten, und es gab welche, die konnten aus Metallschrott ein Fahrzeug bauen. Alle Bemühungen des Staates galten der Entwicklung und Produktion neuer Waffen, um die Amerikaner damit abzuschrecken. Wir hatten alles für den Krieg und nichts zum Leben. Das Lebensnotwendige wurde privat in den Wohnungen und Garagen von Handwerkern hergestellt. Ohne solche Spezialisten hätte die Sowjetunion niemals so lange durchgehalten. Ohne Handwerker wäre sie sehr viel früher untergegangen.

Der Staat wusste von seiner Schwäche und versuchte, uns Kindern von Beginn an handwerkliche Fähigkeiten zu vermitteln. In der Schule hatten wir ab der fünften Klasse jede Woche Werkunterricht, der einzige Unterricht, bei dem Mädchen und Jungs getrennt lernten. Denn trotz Gleichberechtigung sollte in unserem Sozialismus die Frau in erster Linie haushälterische Fähigkeiten besitzen.

Natürlich war dieser Werkunterricht mehr Schein als Sein. Meine Frau erzählte mir, wie sie als Kind in ihrer Schule ein Jahr lang lernte, Kekse zu backen. Es war eine große Herausforderung, vor allem für die Lehrer, den Unterricht für so etwas Primitives wie Keksebacken auf ein ganzes Jahr auszudehnen. Eigentlich hätte eine Stunde dafür völlig ausgereicht. Laut Lehrplan waren aber fünfzig Stunden allein für Kekse vorgesehen. Also schrieben die Mädchen die ersten drei Monate Aufsätze über »Die Bedeutung des Weizenmehls bei der Entstehung von Keksen«. Sie hielten Vorträge über »Die Rolle des Kekses in der sozialistischen Gesellschaft« und über die »kulturellen Unterschiede« der Kekse aus den verschiedenen sowjetischen Republiken. Danach besprachen sie wochenlang die Rezeptur, die richtige Mischung und die Temperatur des Backofens. Am Ende des Jahres backten sie einen Keks. Die nächsten zwei Jahre nähten die Mädchen eine Unterhose mit Einlage. Die Note für diese Unterhose sollte sogar für den Schulabschluss ausschlaggebend sein. Meine Frau hat mir erzählt, ihr Vater habe diese Unterhose zu Hause an einem Abend fertig genäht. Er war eben ein richtiger Handwerker.

Ich glaube, handwerkliche Fähigkeiten kann man

nicht erlernen. Sie sind genetisch in einem Mensch verankert oder eben nicht. Am deutlichsten wird das beim Umgang mit dem Hammer. Der eine kann mit geschlossenen Augen einen Nagel in die Wand hauen, der andere haut sich immer auf die Finger. Während die Mädchen Kekse backten und Unterhosen nähten, mussten die Jungs einen dreibeinigen Hocker bauen. Ich war bereits als Kind in solchen Sachen unbegabt, mein Handwerker-Gen ist anscheinend bei einer Mutation baden gegangen. Der dreibeinige Hocker wurde für mich zu einem Albtraum. Anders als bei den vierbeinigen Sitzkonstruktionen, bei denen die exakt gleiche Länge aller Beine nicht im Vordergrund steht, bringt eine ungleiche Länge der Beine einen dreibeinigen Hocker zum sofortigen Umsturz. Klar ausgedrückt: Meine Hocker fielen von allein um, ohne dass sich jemand draufsetzte. Um mir die Peinlichkeit des Auftritts zu ersparen, entzog unser Werkslehrer mir nach dem dritten umgefallenen Hocker die Aufgabe. Stattdessen sollte ich mit einer Laubsäge ein Ferkel aussägen. Das Ferkel war sehr kurvig. Mir gingen schnell die dünnen Sägeblätter aus, also beschloss ich, es aus Sparsamkeit Stück für Stück aus dem Holz herauszupressen. Das Ferkel und ich, wir haben uns ein Jahr lang gegenseitig gequält. Am Ende des Jahres sah es aus wie Sau.

Aus mir ist kein Handwerker geworden. Aber zum Glück haben wir Udo und Jörg. Sie sind auch die einzigen Deutschen, die meine Mutter gut versteht, obwohl beide stark berlinern und ihre Geschichten ohne Punkt und Komma erzählen. Ansonsten beklagte sich meine Mutter in der letzten Zeit öfter, sie würde zu schnell oder undeutlich sprechende Deutsche nicht verstehen. Denn nach wie vor übersetzt sie das Deutsche im Kopf ins Russische, und Übersetzen braucht Zeit. Es hat mit den Politikern angefangen. Das, was sie in den Nachrichten und Talkshows erzählen, ist nicht übersetzbar. Ob im Fernsehen oder auf der Straße, die Leute reden in einem hohen Tempo, oder sie formulieren so umständlich, dass meiner Mutter der Sinn des Gesagten abhandenkommt. Wirtschaftsprognosen oder Sparkassenbriefe sind ebenfalls nicht nachvollziehbar. Die einzigen Deutschen, die meine Mutter gut versteht, sind die Handwerker Udo und Jörg. Meine Mutter findet auch ihre völlig sinnfreien Geschichten großartig:

Wie Udo während des Urlaubs im Harz von der Leiter gefallen ist und dass Jörgs Frau Kaninchen kocht. Manchmal denke ich, meine Mutter macht ihre Toilettenspülung extra kaputt, um Handwerkerbesuch zu bekommen. Und die Jungs reparieren sie nie richtig, damit sie bei der alten Dame Bier aus grünen Flaschen trinken und auf dem Balkon rauchen können. Die Spülung spielt dabei überhaupt keine Rolle. Denn das Einzige, worauf es ankommt, ist eine Fortsetzung des Gesprächs.

## London sehen

Meine Mutter suchte lange Mitreisende für einen gemeinsamen Londonbesuch und fand niemanden. Alle ihre Freundinnen waren entweder mit ihrer Gesundheit oder in ihren Gärten beschäftigt, und manche waren auch schon in London gewesen, hatten es aber doof gefunden. Die Reise-Oma meinte, wenn sie schon so weit fahren würde, dann um Sonne zu tanken und nicht, um im berühmten britischen Nebel herumzuirren. Die Musik-Oma hielt die Engländer für kalt, zurückhaltend und wenig herzlich. Die Kommunisten-Oma gab zu bedenken, alle Reichtümer und ihren ganzen Wohlstand hätten die Engländer bloß ihren Kolonien zu verdanken, vor allem Indien, das sie um einiges erleichtert hätten. Selbst die königlichen Kronen – es gäbe mehrere davon: für große und kleine Köpfe, für feierliche und für traurige Anlässe – seien mit

Juwelen aus Indien geschmückt. Die Engländer hätten sie einem Maharadscha aus der Mütze geklaut. Und solange sie den Indern das Geraubte nicht zurückgäben, würde sie, die Kommunisten-Oma, ihren Fuß nicht auf englischen Boden setzen. Selbst wenn die Königin persönlich sie darum bitten würde.

Das seien doch alles Klischees und unbestätigte Vorurteile, verteidigte meine Mutter das Inselvolk. »Lass uns hinfahren und mit den Engländern reden! Gerade dafür muss man doch reisen: um sich ein eigenes Bild von der Welt zu verschaffen und neue interessante Menschen kennenzulernen.«

Doch die Omas waren nicht umzustimmen. Meine Mutter ist aber auch stur. Wenn sie sich einmal etwas in den Kopf gesetzt hat, rückt sie von ihrem Vorhaben nicht mehr ab. In ihrer Verzweiflung beschloss sie, ein russisches Reisebüro in Deutschland zu finden, das Busreisen nach London organisierte, um sich einer russischen Reisegruppe anzuschließen. Russen reisen viel und gerne nach England. Vor allem reiche Russen aus dem Kernland, korrupte Beamte, regionale Politiker, verbrannte Banker und vom Staat abgestoßene Oligarchen haben das in ihrer Lebensplanung vorgesehen: Wenn es brenzlig wird, setzen sie sich nach London ab. Sie und ihre Familienmitglieder haben dort inzwischen eine richtige Kolonie gegründet, ein »Reiche-Russen-Getto«. Doch solche Menschen fahren selten mit dem Bus nach London. Und wenn sie in Gruppen reisen, dann nur mit ihresgleichen.

Meine Mutter telefonierte in Berlin mit einem Dutzend Reiseveranstalter, die sich auf russische Wünsche spezialisiert hatten. Aber eine Busreise nach London stand nicht auf deren Angebotsliste. Die Sache war klar: Arme Russen bevorzugten Griechenland oder Bulgarien, und reiche Russen gingen nicht ins Reisebüro, wenn sie dringend nach England mussten. Meine Mutter gab aber nicht auf. Sie wusste: Wer sucht, der findet. Und so fand sie in der Tat ein russisches Reisebüro in Hannover, das eine fünftägige Reise nach London anbot: drei Tage im Bus und zwei Tage in London, dafür aber zum Schnäppchenpreis von 99 Euro. Um an dieser Reise teilzunehmen, musste meine Mutter um halb drei Uhr nachts in einen Bus am Zentralen Omnibusbahnhof Berlin steigen, nach Hannover fahren

und dort um 7.00 Uhr früh in den anderen Bus
Richtung London umsteigen.

Mir kam die ganze Reiseplanung meiner Mutter
von Anfang an nicht überzeugend vor. Allein schon
der Name des niedersächsischen Reiseveranstalters
ließ mich an dessen Seriosität zweifeln. Ich habe
schon viele russische Reisebüros in Deutschland
kennengelernt, und die trugen alle solch passende,
zum Reisen animierende Namen wie *Vostok*, *Transit*
oder *Sputnik*. Das Reisebüro, das meine Mutter gefunden hatte, hieß dagegen *Vorwärts!*.

»Bitte?«, dachte ich. »Warum so hektisch, wir sind
doch nicht im Krieg.«

Das Reiseangebot bestand aus drei Programm-
punkten: Nationalgalerie, Königin, Fisch und
Chips. Alles im Preis von 99 Euro inbegriffen.
Das gebuchte Hotel sollte direkt im Zentrum der
Hauptstadt liegen, zumindest zeigte der rote Pfeil
auf der Seite des Reisebüros *Vorwärts!* im Google-
Maps-Programm auf Big Ben. Wahrscheinlich
sollte meine Mutter direkt im Keller des englischen
Parlaments untergebracht werden. Mama war von
dieser Leistung des Reisebüros begeistert, dabei
war es nur ein Trick: Der Pfeil zeigte nur ganz all-

gemein auf London, nicht auf ihr Hotel, das sich in Wahrheit laut Adresse in der Nähe des Londoner Flughafens Heathrow befand. Wäre meine Mutter geflogen, wäre es vielleicht sogar sinnvoll gewesen, ein Hotel neben dem Flughafen zu buchen. Aber Busse fliegen nicht.

Ich wollte ihr den Spaß an der Weltentdeckung per Busreise nicht verderben und sagte nichts dazu. In der Nacht vor der Abreise schickte ich ihr eine SMS: »Grüß die Königin von mir.« Leider hat diese kleine Nachricht meine Mutter schier in Verzweiflung getrieben, wie ich später erfuhr. Und das kam so: Seit einer Reise nach Moskau war ihr Mobiltelefon nicht mehr aufgeladen. Moskau ist die teuerste Stadt der Welt geworden, besonders was Telefongespräche mit dem Ausland betrifft. Meine Mutter hatte mich zwar nur ein Mal aus Moskau angerufen – um zu berichten, wie toll man den Park für Kultur und Erholung renoviert hätte –, und schon war ihre Karte alle. Meine SMS wurde daher automatisch an Mamas stationäres Telefon weitergeleitet. Weder ich noch sie wussten allerdings, dass eine solche technische Leistung überhaupt existierte. Mitten in der Nacht, kurz vor ihrer Abfahrt zum Busbahnhof, klingelte das Telefon bei ihr, und eine blecherne Roboterstimme wiederholte drei Mal mit Nachdruck, meine Mutter habe eine wichtige Nachricht: Sie solle dringend die Königin grüßen.

Meine Mutter wäre beinahe verrückt geworden. Ihr Blutdruck stieg, und sie dachte als Erstes, das Reisebüro *Vorwärts!* wolle ihr eine verschlüsselte Botschaft übermitteln, zum Beispiel dass sich die Abfahrtszeiten geändert hätten oder der Bus kaputt sei. Sie rief beim Reisebüro an, wo aber nachts keiner dranging. Nur die blecherne Stimme drängte sie in regelmäßigen Abständen, sie solle die Königin grüßen.

Trotz aller Unsicherheit machte sich meine Mutter wie verabredet auf den Weg. Um halb drei Uhr nachts wartete ein Bus am Busbahnhof auf sie und brachte sie nach Hannover. Dort stieg sie in einen anderen Bus, auf dessen Seite in großen Buchstaben »*Vorwärts!* Die ganze Welt für 99 Euro« stand. Trotz der tollen Werbung war der Bus nicht voll besetzt. Außer meiner Mutter fuhren noch der Busfahrer mit, seine Frau, seine Tante mit ihrem Ehemann, die auf einem der hinteren Sitze Kaffee und Würstchen gegen einen geringen Aufpreis anboten, und die zwei pubertären Töchter des Busfahrers, wie meine Mutter erfuhr. Sie kicherten und spielten mit ihren Smartphones. Es saßen auch noch ein paar ältere schweigsame Männer im Bus, die möglicherweise ebenfalls mit dem Fahrer verwandt waren, sie gaben aber nicht damit an.

Und dann war meine Mutter plötzlich verschwunden. Nachts war sie pünktlich in den Bus gestiegen, aber am nächsten Tag tauchte sie nicht mehr auf. Ich verfluchte das *Vorwärts!*, malte mir Autounfälle aus und überlegte schon, zur Polizei zu gehen. Da klingelte mein Telefon, und eine unbekannte männliche Stimme sagte:

»Hier ist Sergej, Sie kennen mich nicht, aber ich Sie schon. Sie werden jetzt mit Ihrer Mutter reden. Machen Sie es kurz.«

»Mist«, dachte ich, »die Russen haben meine Mutter gekidnappt und wollen mich jetzt erpressen.«

»Mein Sohn«, hörte ich die Stimme meiner Mutter, »alles ist in Ordnung. Sergej ist unser Reiseleiter und Busfahrer, er hat mir sein Telefon gegeben, denn meins ist alle. Kannst du mir bitte die Karte aufladen, damit ich telefonieren kann? Ich rufe dich vom Buckingham-Palast an, die Königin ist da, wir warten, ob sie vielleicht rauskommt. Dann könnten wir vielleicht zusammen Fisch und Chips essen gehen.«

Später erzählte sie mir, angeblich sei die Königin früher nicht so wählerisch gewesen und durchaus manchmal zu russischen Touristen hinausgegangen. Doch seit die reichen Russen an der Themse für negative Schlagzeilen sorgten, mied die Königin unsere Landsleute.

Kurz bevor meine Mutter auf Reisen gegangen war, hatte ein Journalistenteam eine Dokumentation mit dem Titel »From Russia with Cash« gedreht. Darin gaben sich zwei Freiwillige als junges reiches Paar aus Moskau aus und ließen sich von mehreren englischen Immobilienmaklern Wohnungen und Häuser ab fünf Millionen Pfund zeigen. Dabei erzählten sie jedem Makler, wie sie an ihr Geld gekommen wären. Die Geschichten wurden von Mal zu Mal haarsträubender. Sie erzählten, dass sie das Geld obdachlosen Kindern geklaut hätten, Alten, Kranken, Notleidenden. Sie wollten die Reaktion der Briten sehen: ob sie Gewissensbisse, gar moralische Bedenken bei den Verhandlungen zeigen würden. Doch alle Makler gratulierten den Russen nur zu ihrem Geld und hofften, in diesen Wilden die richtigen Käufer für ihr Objekt gefunden zu haben. Dabei wurden sie mit einer versteckten Kamera gefilmt, und die Journalisten stellten die Aufnahmen anschließend ins Netz.

Die Engländer und ihre Medien waren vor allem über die Russen entsetzt, für das Verhalten ihrer Landsleute hatten sie hingegen Verständnis: Die Russen hätten die englischen Immobilienmakler verdorben, sagten sie. Sogar der Premierminister sah sich gezwungen, sich zu der Angelegenheit zu äußern. Unser Land braucht weder die Russen noch ihr Geld, sagte er sinngemäß. Dadurch gerieten die Russen auf der Insel in Verdacht, Menschen ohne moralische Skrupel zu sein. Und deswegen wollte die Königin nicht mit meiner Mutter Fisch und Chips essen.

Auch sonst kam meine Mutter während der ganzen Reise kaum mit Einheimischen in Kontakt. Sie hat weder die Königin gegrüßt, noch mit einem anderen Engländer gesprochen. Dafür sind wir jetzt mit der Busfahrerfamilie von Sergej befreundet.

Und wozu braucht man Reisen, wenn nicht, um an fremden Orten neue interessante Menschen kennenzulernen?

## Schwimmen gehen

Mit dem Alter ist die Schwerkraft immer schwerer zu ertragen. Bereits das Aufstehen am Morgen erfordert taktisches Denken und Konzentration. Man kann nicht mehr wie in der Kindheit aus dem Bett hüpfen, denn jede überflüssige Bewegung sorgt für Herzklopfen und Atembeschwerden.

»Nur im Wasser fühle ich mich noch wie ein normaler Mensch«, sagt meine Mutter jedes Mal, wenn wir ins Schwimmbad gehen. »Hier muss ich mich nicht anstrengen. Mein Körper fühlt sich leicht wie eine Feder an.«

Seit Jahren besuchen wir dieselbe Einrichtung mit dem pompösen Namen »Schwimm- und Sprunghalle Europasportpark«. Bei den Bademeistern fungieren wir unter dem Decknamen »Schriftsteller mit Mutti«, sie kennen und grüßen uns persönlich. Bei der Kassiererin, die unter dem großen Plakat »Drei

Grundsätze der Schwimmbadordnung: Sicherheit, Sauberkeit, gegenseitiger Respekt« sitzt, haben wir Rabatt.

Ich bin in meinem Leben schon in vielen Ländern geschwommen, von daher weiß ich: Es gibt nichts Ordentlicheres als ein deutsches Schwimmbad. Die Ordnung hat den Zweck, verschiedene Schwimmergruppen zu trennen, damit sie einander nicht in die Quere kommen. In unserer Halle haben wir einen Schwimmer-, einen Nichtschwimmer- und einen Halbschwimmerbereich, außerdem eine extra Bahn für Rückenschwimmer, eine für diejenigen, die besonders schnell und breit schwimmen möchten, und eine für die anderen, die gerade anfangen, schwimmen zu lernen. Schulklassen müssen so lange auf der Bank sitzen, bis alle eine Gänsehaut haben, erst dann dürfen sie ins Wasser. Sie lernen dann schneller.

Die Badeordnung wird von vier Bademeistern mit Trillerpfeifen aufrechterhalten und ist nur ein einziges Mal durcheinandergekommen – als die Syrer kamen – dazu gleich mehr.

Meine Mutter und ich gehen im Bad getrennte Wege: Ich ziehe mich schnell um und schwimme im sportlichen Teil des Bades auf der Bahn für Rückenschwimmer eine Stunde lang. Rückenschwimmen mag ich am liebsten, auf diese Weise kann ich gleichzeitig Sport treiben und das Leben um mich herum betrachten. Meine Mutter braucht eine halbe Stunde, um sich umzuziehen, wegen der Schwerkraft und der Trägheit. Danach liegt sie eine halbe Stunde auf dem Wasser im Halbschwimmerbereich. Beim Schwimmen verwendet sie die sogenannte Mondfischtechnik: Sie versucht mit einem Minimum an Bewegung voranzukommen, indem sie sich der Strömung oder den Wellen anpasst, die von den anderen Schwimmern ausgehen. Im Planschbecken zum Beispiel gibt es immer jemanden, der Wellen macht. Kleine Kinder spielen Ball und springen ihren Eltern auf den Rücken, hochschwangere Frauen bereiten sich auf eine natürliche Wassergeburt vor, Pärchen kuscheln am Beckenrand. Alle diese nichtschwimmenden Schwimmbadbesucher sorgen dafür, dass es im Bad immer genug Wellen gibt, damit meine Mutter mit ihrer Mondfischtechnik vorankommt.

Die größte Welle, die ich jemals in diesem Bad erlebt habe, war die Flüchtlingswelle. Kurz vor

Weihnachten sprangen plötzlich zwanzig Syrer in Unterhosen gleichzeitig ins Wasser. Unser Bademeister hat sich vor Aufregung beinahe an seinem belegten Brot verschluckt. Er dachte, die Syrer könnten nicht schwimmen.

»Die haben doch in ihrer Heimat kein Bad, diese Wüstenkinder, von großen Flüssen ganz zu schweigen«, erzählte er mir später. »Eigentlich sollten sich die Syrer bei uns nur duschen, denn in den Zelten am Flugplatz, wo sie untergebracht sind, gibt es zu wenige Duschkabinen. Also haben die öffentlichen Schwimmbäder die Flüchtlinge unter sich aufgeteilt. Die Syrer haben geduscht, sind aber aus Neugier weitergegangen und – zack! – rein ins Bad. Und ich, was sollte ich tun?«, fragte mich der Bademeister rhetorisch.

Ich widersprach ihm und sagte, dass Syrien eigentlich am Mittelmeer liege, insofern könnten Syrer schon schwimmen. Rein theoretisch. Doch diese konkreten Flüchtlinge vom Flugplatz hatten anscheinend vom Mittelmeer nicht viel gesehen. Sie gingen zuerst wie Steine unter, kamen jedoch wieder hoch, schlugen auf das Wasser und um sich, und manche konnten sich wie der lustige Baron am eigenen Schopf aus dem Wasser ziehen. Sie freuten sich wie Kinder, schubsten einander und sprangen erneut ins Wasser. Schnell stellten die Syrer fest, dass unser Bad unterschiedlich tief war. Also gingen sie im flachen Wasser in alle Richtungen – einige wollten sich als Zuschauer beim Workshop »Schwimmen in der Schwangerschaft« anmelden, andere wollten mit den Kindern Ball spielen. Das ganze Bad kam durch die Flüchtlingswellen durcheinander.

Wie wenig braucht ein Mensch, um glücklich zu sein, dachte ich. Eine solche ungetrübte Freude am Planschen habe ich hier selten gesehen. Nur die Bademeister liefen Amok. Sie pfiffen unglaublich laut, gestikulierten und versuchten die Syrer alle zusammen in eine Ecke zu treiben, um ihnen die Grundsätze der Badeordnung beizubringen. Doch die schien endgültig baden gegangen zu sein. Sie funktionierte nicht. Die Syrer verteilten sich auf alle Bahnen, verbreiteten Chaos und Unsicherheit. Integration klappt eben nicht an einem Tag. Die Badbesucher hatten keine Lust darauf. Zuerst verschwanden die schwangeren Frauen – von der Flüchtlingswelle wie weggefegt. Wahrscheinlich

wollten sie nicht von den Syrern angestarrt werden. Eltern mit Kindern und knutschende Pärchen
gingen ebenfalls. Sie fühlten sich in ihrer Intimität
gestört. Am längsten hielten die Sportschwimmer
durch.

Noch nie hat unser Europasportpark so leer aus-
gesehen. Nur meine Mutter und die Syrer lagen
auf dem Wasser. Meine Mutter hat sich sofort zur
Trainerin aufgespielt und den Syrern gezeigt, welche Bewegungen sie machen mussten, um an der
Oberfläche zu bleiben.

»Wir brauchen noch eine extra Bahn für die
Syrer«, meinte der Bademeister später.

## Ski fahren

Unsere Nachbarin Sophie sammelt Sachen für not-
leidende Syrer, die es vor dem Bürgerkrieg fliehend
bis Moabit geschafft haben. Sie brauchen Decken,
Kinderkleidung, Kinderwagen und winterfeste
Schuhe. Jeden zweiten Tag fährt Sophie mit dem
Fahrrad nach Moabit, um die gesammelten Sachen
dort an die Bedürftigen abzugeben. Bei uns klingelt
sie nicht mehr, wir haben längst alle Decken und
Klamotten abgegeben, die wir hatten.

Einmal kam meine Mutter zu mir und meinte,
sie könne doch den Flüchtlingen vielleicht auch
helfen.

»Die Sachen deines Vaters sind alle noch immer
da. Drei Schränke voll, vieles komplett unbenutzt
wie zum Beispiel seine Bergski«, behauptete sie.

Ich bezweifelte, dass die Syrer in ihrer aktuellen Situation Bergski gebrauchen konnten. Außer-

dem – sie waren doch Kinder der Wüste. Konnten sie überhaupt Ski fahren?

Trotzdem gingen wir zusammen die Schränke meines Vaters durchstöbern. Ich habe noch nie im Leben so einen Berg von Unbrauchbarem gesehen. Es gab breite Hosenträger in Überlänge, kleine Hüte mit Löchern, sowjetische Anzüge in Grau, Armeegürtel, mindestens ein Dutzend Aktentaschen und Rucksäcke sowie Krawatten, kurze Hosen aus Jugoslawien, die er nicht tragen wollte, Schwimmbrillen, Flossen und Angelbedarf. In einem extra Schrank lag schweres Sportinventar, unter anderem die erwähnten nagelneuen Bergski der Marke *Polsport*, die meine Mutter mir regelmäßig zu schenken versucht.

Diese Sammlung von Unbrauchbarem und einst Wertvollem, vor allem aber die Bergski, der größte Traum meines Vaters, ließ mich an meine Armeezeit zurückdenken. Damals vor beinahe dreißig Jahren war Mathias Rust auf dem Roten Platz in Moskau gelandet. Ich diente gerade als Soldat des zweiten Verteidigungsrings der Moskauer Raketenabwehr. Es war eine merkwürdige Zeit. Das ganze Land war in einer Erwartungshaltung erstarrt –

irgendetwas musste passieren, aber niemand
wusste, was. Gorbatschow wartete auf seinen »Sozialismus mit menschlichem Antlitz«, einem Gesicht, das nach außen milde lächelte, nach innen
aber weiterhin grimmig guckte. Zu diesem Zweck
flog er unermüdlich in der Welt herum, um überall von seinen guten Absichten zu erzählen. Da-
heim stand er mit den Generälen auf dem Dach
des Mausoleums, vor ihm fuhren die Paradepan-
zer, unter ihm lag Lenins Leiche, und alles war wie
immer. Nichts von seiner neuen Politik sickerte zu
uns in die Armee.

Ich wartete mit den anderen Soldaten, bis meine
Armeejahre endgültig verstrichen waren. Ich
konnte es nicht abwarten, endlich nach Hause zu
kommen. Unsere Einheit bestand aus drei Raketen
und einer Radaranlage. Das Ganze nannte sich
Raketenkomplex »Eichhörnchen« und war zum Ab-
schießen tieffliegender Ziele gedacht, in erster Linie
schwerer amerikanischer Bomber des Typs B 52.
Beim Erscheinen eines tieffliegenden Ziels sollten
wir allerdings nicht sofort schießen, sondern den
Vorfall zuerst unserem Vorgesetzten per Funk melden, einem Major, der hundert Kilometer von uns

entfernt in einem geheimen Bunker – Funkname »Nikotin« – saß.

Im blauen Himmel über dem Tarnnetz gab es aber weit und breit keine fliegenden Ziele. Sogar Vögel mieden uns wegen der Radarstrahlung. Ein Hobbyornithologe, der in unserer Einheit diente, erklärte mir einmal, die Vögel würden unsere Station wegen der hohen Frequenzen meiden. In Abwesenheit ihrer natürlichen Feinde vermehrten sich Käfer, Tausendfüßler, Schaben, kleine Schnecken und Mücken. Sie erreichten eine unnatürliche Größe und jagten uns mehr Angst ein als amerikanische Flugzeuge.

Die Langeweile fraß uns auf. Wir zählten die Tage, die Stunden, die Minuten bis zum Ende unserer Dienstzeit. Unser sadistisch veranlagter Funker benutzte einen Tausendfüßler zum Zählen: Jeden Tag riss er ihm ein Beinchen aus. Wir hatten insgesamt 730 Tage zu dienen, also hätte der Tausendfüßler rein theoretisch nach der Entlassung des Funkers noch 270 Beine übrig gehabt.

Zu Hause warteten meine Eltern und meine Freundin auf mich. Außerdem wartete meine Mutter auf ihre längst verdiente Rente, und mein Vater wartete auf seine Bergskier. In Moskau wohnten wir neben einem Hügel, den im Winter die glücklichen Besitzer von Bergskiern herunterrasten. Es war nicht leicht, solche Skier zu ergattern, im Sportwarenladen gab es sie jedenfalls nicht. Um seinen Traum zu verwirklichen, organisierte mein Vater in seinem Betrieb mit Hilfe der dortigen Gewerkschaft einen Arbeitskreis zur Verbesserung der physischen Kultur, sammelte Geld, überredete den Direktor und dessen Stellvertreter, Schirmherren seines Arbeitskreises zu werden, und beantragte im Namen der Gewerkschaft ein Paar Bergskier der Marke *Polsport*.

Wir warteten also alle auf irgendetwas. Doch niemand wartete auf Mathias Rust. Diese Friedenstaube aus Wedel landete völlig unerwartet bei uns und brachte das ganze Land durcheinander. Die Folgen seines Fluges waren weitreichend. Meine Einheit, die ihn eigentlich hätte fangen müssen, sich stattdessen jedoch mit Mücken und Tausendfüßlern beschäftigt hatte, wurde aufgelöst. Der diensthabende Major aus dem Bunker »Nikotin« schoss sich eine Kugel in den Kopf. Der Tausendfüßler in der Keksdose starb, Gorbatschow konnte

seine Politik der zwei Gesichter nicht länger aufrechterhalten, und der Untergang der Sowjetunion
beschleunigte sich. Meine Mutter bekam eine
Rente, die nichts mehr wert war, der Betrieb meines Vaters wurde geschlossen, und in seine Räume
zog eine Technodisko ein. Der Hügel neben unserem Haus wurde eingezäunt, und eine Immobilien-
firma baute dort Häuser mit »verbesserten Wohnbe-
dingungen« für die neuen kapitalistischen Herren.
Ich ging nach Deutschland ins Exil. Wenig später
verkauften meine Eltern ihre Moskauer Wohnung
an Immobilienspekulanten und beschlossen ebenfalls, im Zuge einer Familienzusammenführung zu
mir nach Deutschland auszuwandern. Alle Sachen
waren verpackt, verschenkt oder verkauft.

Am letzten Tag vor ihrer Abreise kam eine Be-
nachrichtigung:

»Sehr geehrter Herr Kaminer, die von Ihrem Ver-
ein bestellten Bergskier *Polsport* sind eingetroffen.
Sie können sie jederzeit abholen.«

Eine solche Verschwendung konnte mein Vater
nicht ertragen. Er holte die Skier ab und nahm sie
mit nach Berlin. Hier hatte er allerdings nie die
Gelegenheit, sie auszuprobieren. Zum einen war

er inzwischen zu alt und krank für den Spaß, zum anderen hat Berlin wenig steile Berge zu bieten.

Nun ist mein Vater lange tot. Jedes Jahr bittet mich meine Mutter, die sozialistischen Bergskier *Polsport* mitzunehmen, aber was soll ich damit? Niemand will sie haben.

Vor zwei Jahren hatte ich eine Lesung in Wedel, der Heimatstadt von Mathias Rust. Nach der Lesung grüßte mich ein Mann in meinem Alter, braun gebrannt mit dicker Brille.

»Hallo, Wladimir, ich bin Mathias.«

Ihm gehe es gut, erzählte er. Er sei viel unterwegs und arbeite gerade erfolgreich in Tallin als Poker-spieler. Ich hätte ihm gerne die Bergskier meines Vaters geschenkt, traute mich jedoch nicht, nach seiner Adresse zu fragen. Und wenn ich bei den Syrern in Moabit vor dem Tor des Asylantenlagers mit den Bergskiern aufkreuze, werden sie mich sicher auslachen. Es sind doch Kinder der Wüste. Sie können bestimmt nicht Ski fahren.

## Sich modisch anziehen

Das einzige Kleidungsstück aus dem Schrank meines Vaters, das ich als Souvenir behielt, sind seine kurzen Hosen aus Jugoslawien. Ich glaube, dass diese Hosen bei seiner Integration in die europäische Welt eine entscheidende Rolle gespielt haben. Das hat noch unter Gorbatschow angefangen. In den ersten Jahren seines Regierens tat Gorbatschow etliches, um die Offenheit und Toleranz im Land zu steigern. Er schaute neugierig über den Tellerrand des Staates hinaus und bescherte den Sowjetbürgern nicht selten neue ausländische Produkte, die sie früher nicht gekannt hatten. Es waren allesamt Produkte des Überflusses, nichts, was man tatsächlich im alltäglichen Leben brauchte. Gerade deswegen bildeten die Sowjetbürger kilometerlange Schlangen vor den Geschäften und standen stundenlang an, um diese Produkte zu ergattern.

»Warum steht ihr an? Ihr braucht das Zeug doch gar nicht!«, schimpften die alten Kommunisten.

»Gerade darum!«, antworteten die in der Schlange Stehenden.

Nicht alle Waren des Auslands stießen bei uns sofort auf Interesse und Nachfrage. Bei manchen dauerte es ein wenig, zum Beispiel bei kurzen Hosen aus Jugoslawien. Diese Hosen lagen plötzlich wie vom Himmel geliefert im Kaufhaus in der Abteilung »Freizeit und Sport« in der Vitrine. Sie waren grünlich und irgendwie gestreift. Am ersten und zweiten Tag wollte sie niemand haben. Die Menschen rätselten, aus welchem Grund die Jugoslawen den Hosen die Beine abgeschnitten hatten. Was sollte das sein – eine Hose für Krüppel? Für Invaliden? Für Menschen mit zu kurz geratenen Beinen?

»Ihr seid Wilde! Unzivilisierte Menschen!«, klärte die Verkäuferin die Menge erbost auf. »Das sind kurze Hosen, Shorts für Männer zum Anziehen bei gutem Wetter. Überall in Amerika und Europa werden sie getragen, Menschen jedes Alters laufen in kurzen Hosen herum, Kosmonauten und Präsidenten, Rockstars und Fußballhelden! Die ganze Welt steckt in kurzen Hosen! Lange Hosen tragen nur Menschen, die in der Vergangenheit leben«, meinte die Verkäuferin und schüttelte verbittert den Kopf.

Am nächsten Tag stand eine riesige Schlange vor der »Freizeit und Sport«-Abteilung. Alle wollten wie die übrige Welt in kurzen Hosen stecken. Meine Mutter, von der neuen Mode begeistert, kaufte nach sechs Stunden Anstehen kurze Hosen für meinen Vater und übergab ihm abends das kostbare Stück.

»Ich ziehe das nicht an, ich bin doch nicht behindert«, sagte der kategorisch.

»Du bist ein Wilder, ein unzivilisierter Mensch«, klärte meine Mutter ihn auf. »Die ganze Welt läuft in kurzen Hosen herum, alle Präsidenten und Kosmonauten in Amerika und Europa.«

»Die Präsidenten und Kosmonauten haben euch verarscht«, widersprach der Papa. »Warum sollte die Welt plötzlich in kurzen Hosen herumlaufen? Ist sie verrückt geworden? Wer will krumme behaarte Männerbeine sehen? Wilde und Unzivilisierte tanzen in Afrika halb nackt um das Feuer herum, wir in Russland tragen normale lange Hosen.«

Meine Mutter ließ nicht locker. »Stell dir vor, wir

fahren im Sommer in Urlaub ans Schwarze Meer,
ziehen uns nach dem letzten Schrei der Mode an
und gehen in die ›Kaskaden‹!«

Jedes zweite Jahr fuhren meine Eltern dorthin
und gingen in das Fischrestaurant »Kaskaden«
direkt am Meer. Bloß waren sie dabei normal und
nicht modisch angezogen.

Der Vater streikte.

Am nächsten Tag änderte er jedoch seine Meinung. Er war zur Arbeit gegangen und hatte die
Welt nicht mehr erkannt: Sein Direktor war in
kurzen Hosen herumgelaufen, ebenso dessen Stellvertreter und der Hauptingenieur. Man munkelte
sogar, dass Gorbatschow selbst nicht abgeneigt
wäre, kurze Hosen zu tragen. Vielleicht hatte er sie
sogar unter dem Sakko an, nur dass man seine un-
tere Hälfte nie sah, weil er die ganze Zeit entweder
auf dem Balkon des Mausoleums oder auf irgendeiner anderen Tribüne stehen musste.

Im Sommer fuhren meine Eltern ans Meer,
zogen sich schick an und gingen in die »Kaskaden«.
Dort wurden sie aber vom Pförtner nicht hereinge-
lassen, wegen der kurzen Hose meines Vaters.

»Du bist ein wilder, unzivilisierter Mensch«, beschimpfte mein Vater den Pförtner mit Leidenschaft. »In Amerika und Europa tragen alle längst kurze Hosen – Kosmonauten und Präsidenten und Betriebsdirektoren. Die ganze Welt läuft in kurzen Hosen herum!«

»Die Welt kann laufen, wie und wo sie will, nur nicht in meinem Restaurant.« Der Pförtner blieb unbeeindruckt.

»Lass uns gehen, Liebling«, sagte meine Mama, »wir wollen doch mit den Wilden keinen Streit anfangen. Sie werden es auch noch lernen, irgendwann.«

Sie gingen weiter die Promenade entlang. Und überall kamen ihnen krumme behaarte Männerbeine in grünen gestreiften Shorts entgegen.

## Kinder füttern

Während die halbe Menschheit aus dem Süden in den Norden pilgerte, trainierten die Gänse Brandenburgs ihren Keilflug in die entgegengesetzte Richtung. Wir saßen mit den Nachbarn auf der Veranda unserer Datscha, tranken Bier aus grünen Flaschen und betrachteten dieses großartige Schauspiel der Natur. Die Beständigkeit der Gänse beeindruckte uns. In der menschlichen Welt ging unterdessen alles den Bach runter. Flüchtlingskolonnen marschierten aus allen Richtungen nach Europa, der Klimawandel ließ die Pole schmelzen, das Ozonloch vergrößerte sich weiter, und die Nachrichten berichteten nur noch von Kriegen und Krisen, aber den Gänsen ging das alles am Arsch vorbei. Hellen Mutes wie jedes Jahr im Oktober bildeten sie im Flug einen perfekten Keil, flogen um meinen Garten herum und bereiteten sich unter dem Motto »Wir schaffen das« zur winterlichen Evakuierung vor.

»Die sind ja noch konservativer als die CDU«, meinte mein Nachbar Kai.

Wir rätselten, warum Vögel immer in der umständlichen V-Formation flogen, während Menschen ihre Wanderungen entweder in der Menge oder als geordnete Kolonne absolvieren. Jeder hatte eine andere Meinung dazu. Mein Nachbar Matthias, ein großer Kenner der Vogelwelt, meinte, Vögel täten das, um eine bessere Flugsicht zu haben und die Luftströmung besser für sich nutzen zu können. Mein Nachbar Kai, der früher bei der Bundeswehr als Panzerfahrer gedient hatte, meinte, Gänse könnten gar nicht Kolonne fliegen, denn wenn sie es täten, würde ihnen im Fall einer plötzlichen Vollbremsung der Schnabel im Hintern des Vordermanns stecken bleiben. Und eine solche Konstellation mache ein weiteres Fliegen unmöglich.

Ich hatte keine eigene Meinung dazu und gab beiden Nachbarn recht. Da rief mich meine Mutter an und fragte, wann ich wieder zu Hause sei, sie wolle mir etwas Gutes vorbeibringen.

Ich wusste sofort, was dieses Gute sein würde, und fragte nicht nach. Es gibt bekanntlich verschiedene Arten der Kommunikation. Pflanzen kommunizieren mit ihren Artgenossen über Bienen und Insekten. Politiker kommunizieren mit ihren Wählern über leere Versprechen, Verliebte tun es mit Küssen. Und Mütter kommunizieren mit ihren Kindern übers Füttern. Jede Woche steht meine Mutter mit einem Tellerchen, einer Pfanne, einer Tasse oder einer Schale vor der Tür. Gesalzene Heringe, Kartoffelpüree, Gurken, Pflaumenkuchen, selbst gemachte Konfitüre, alles aus Eigenproduktion. Bis auf den Fisch. Um die Heringe zu beschaffen, fährt meine Mutter zum russischen Lebensmittelladen, wo der dreifingrige Boris in der Fischabteilung die Heringe selbst einlegt.

»Sind sie nicht zu salzig?«, fragt meine Mutter ihn jedes Mal misstrauisch.

»Sie werden noch nachsalzen müssen«, nickt Boris und lächelt dazu sehr überzeugend.

Mit einem Tellerchen in der Hand klingelt meine Mutter dann an meiner Tür. Eigentlich mag ich diese Heringe nicht, doch aus Mutters Hand wirken sie wie Beruhigungsmittel. Ich wusste bereits als Kind: Immer wenn ich in eine schwierige Situation geriet, kam meine Mutter mit Kartoffelpüree im Glas, und alles war wieder im Lot.

Als Kleinkind wollten meine Eltern mich loswerden und steckten mich ins Pionierlager »Junger Seemann«. Für manchen Altpionier mag dieses Lager eine lustige Freizeitbeschäftigung gewesen sein, für mich war es die Hölle. Ich kam mit den Sitten und Traditionen des Lagers überhaupt nicht klar. Die Altpioniere haben Jungpioniere wie mich gequält, uns nachts mit Zahnpaste beschmiert oder während wir schliefen die Zeitung »Pionier-Wahrheit« zwischen die Zehen geschoben und angezündet. Diese Folter hieß »Rad fahren«.

Je älter die Pioniere waren, umso schlechter war ihr Charakter. Bei den Tanzabenden wurde ich von der Tanzfläche gedrückt, beim Fußball musste ich immer im Tor stehen. Die Mücken im »Jungen Seemann« waren so groß wie Spatzen und durstig wie Vampire. Am Ende der Woche war ich mit den Nerven fertig. Da kam meine Mutter mit einem Töpfchen Kartoffelpüree, Salzgurken, Wurst, Kuchen und Erdbeerkonfitüre. Schon war die Welt wieder in Ordnung.

Einige Jahre später geriet ich wieder in eine schlimme Lage, diesmal in der Armee. Als Jungsoldaten hatten wir ein anstrengendes Leben. Um 6.00 Uhr früh mussten wir aufstehen, als Weckton diente uns das Geschrei des diensthabenden Offiziers. Die Morgentoilette wurde auf Befehl verrichtet, und wer es in fünfzehn Sekunden nicht schaffte, musste in die Hosen pinkeln. Um 7.00 Uhr kam der Befehl zum Frühstück, um 8.00 irrten wir schon mit Rucksack und Gewehr durch den Wald. Dabei hatte der Tag noch gar nicht angefangen, die Übung hieß bloß »Morgengymnastik«.

Ich war verzweifelt und fühlte mich verloren in diesem Wald voller Stacheldraht, Schnee und schreienden diensthabenden Offizieren, die uns unterernährte Jungsoldaten hassten. Da kam meine Mutter mit Kartoffelpüree, Salzgurken, Wurst und Erdbeerkonfitüre. Die Lebensmittelübergabe war nur in Anwesenheit des diensthabenden Offiziers erlaubt, doch wie immer in meiner Heimat wurde die Strenge der Gesetze durch deren Nichtbefolgung kompensiert. Die Soldaten hatten ein großes Loch in den Stacheldraht geschnitten, das sehr lange als illegaler Übergang für Mutters Futter diente. Mutige Soldatenmütter kletterten hindurch und saßen direkt daneben zusammen mit ihren uniformierten Söhnen auf einer alten umgefallenen Birke, »Futterbrücke« genannt. Sie saßen und aßen. Äußerst selten kamen auch Väter dazu. Selbst diensthabende Offiziere wurden, nebenbei bemerkt, von ihren Müttern besucht und regelmäßig gefüttert. Sie mussten aber nicht durch den Stacheldraht kriechen.

Auch als wir nach Deutschland umgezogen waren, unterließ es meine Mutter nicht, mich mit Leckereien aus eigener Produktion zu verwöhnen. Ihrem Futterinstinkt folgend versuchte sie es auch bei ihren Enkeln, doch dort stieß sie auf eine Mauer der Ablehnung. Meine Kinder verhöhnten die russische Küche, sie hielten Heringe und Knoblauchgurken für unzeitgemäß. Diese Kinder bevorzugen vietnamesische, italienische oder manchmal sogar deutsche Küche. Heringe übten auf sie keine beruhigende Wirkung aus. Im Gegenteil. Sie regten sich auf, wenn sie die aus dem russischen Geschäft sahen. Anscheinend funktioniert die Futterkommunikation nur zwischen zwei direkt benachbarten Generationen.

Als meine Tochter nach dem Abitur für drei Monate nach Bordeaux zu einem Auslandspraktikum fuhr, sorgte sich ihre Mutter, wie es dem Kind wohl ging? Ob es sich ausreichend ernährte? Sie flog nach Bordeaux, nahm jedoch selbstverständlich als coole Mutter kein Kartoffelpüree im Glas und keine Gurken mit. In Bordeaux angekommen, ging Olga mit ihrer Tochter in ein gutes französisches Restaurant und fütterte sie mit Gänsebraten voll. Nicole erzählte ihr unterdessen, die Franzosen seien großartige Angeber. Die Menschen würden einander auf der Straße ansprechen und sagen »Bonjour mademoiselle«, Unbekannte grüßten sich auf der Straße, die Männer trügen schicke Hosen und weiße Hemden, und die Frauen gingen alle auf Absätzen. Mit Berlin nicht zu vergleichen. Sie wolle nun gar nicht mehr nach Hause, nach Berlin, gar nach Deutschland zurückkehren und fühle sich mehr als Europäerin. Sogar das französische Essen, erzählte Nicole, gehöre zum Weltkulturerbe. Das hieße rein theoretisch, man dürfe hier nichts aufessen, weil immer etwas für die nächsten Generationen, für die Menschen der Zukunft also, übrig bleiben müsse. Für die Welterben halt.

Ich glaube aber nicht, dass die Erben dieses Kulturerbe zu schätzen wissen werden.

Sollen ihre Mütter ihnen doch Kartoffelpüree ins Maul schmieren, meinte meine Tochter abschätzig dazu.

## Sauber machen

Seit fünf Jahren lebt meine Mutter allein wie Robinson Crusoe, nur besser, mit ihrer Katze Wassilissa und dem russischsprachigen Fernsehgerät, das ihr Nachrichten aus aller Welt direkt in die Küche bringt. Einmal alle zwei Wochen kommt ihre alte Freundin, die litauische Putzfrau Nina, die ihr die Haare färbt, die Wohnung putzt und beim Bügeln hilft. Den Rest der Hausarbeit erledigt meine Mutter selbst zusammen mit der Katze. Meine Mutter ist für die Lebensmittelversorgung zuständig, Wassilissa für die Sicherheit. Sie tötet jede Fliege, jede Wespe, überhaupt jedes fremde Leben, das sich in die Wohnung wagt, mit Ausnahme der litauischen Putzfrau Nina, die anscheinend zu groß zum Beißen und zu zäh zum Kauen ist. Die kleinen Insekten schnappt Wassilissa im Flug. Man kann es sich kaum vorstellen, dass dieses wie eine haarige Riesenkugel aussehende Haustier selbst beinahe fliegen und dabei kleine Lebewesen töten kann, schnell und präzise wie ein lenkbarer Torpedo. Sie isst aber die getöteten Fliegen nicht, sodass meine Mutter die Leichen einsammeln muss.

Wassilissa lässt sich nicht streicheln, sie setzt sich niemals auf den Schoß eines Menschen, und sie miaut nicht. Die meiste Zeit ihres Lebens verbringt sie vom Küchenschrank aus auf der Jagd. Früher sprang sie mir vom Schrank auf den Rücken – nicht aus Bösartigkeit, die arme Katze konnte nichts dafür, sie folgte bloß dem Ruf ihres Herzens. Wassilissa ist eine Maine Coon, also eine Jagdkatze. Ihre Vorfahren versteckten sich auf Bäumen und warteten, bis sich unten etwas Essbares bewegte. Dann sprangen sie dem Essbaren auf den Rücken und aßen es auf. Irgendwann sprangen sie auch dem Menschen auf den Rücken. Der Mensch wunderte sich über so viel Frechheit und nahm sie mit. Seitdem sind Maine Coons Haustiere. In ihrem Herzen sind sie jedoch wild geblieben. Also sprang Wassilissa immer wieder der litauischen Putzfrau Nina und mir auf den Rücken. Erst nach einigen Jahren wurden wir von der Katze als vorübergehend nicht essbar eingestuft. Dem Ruf des Herzens kann sie trotzdem nicht widerstehen. Sie jagt weiter – das heißt, sie sitzt auf dem Schrank und passt auf alles auf, was sich bewegt.

Zwei Mal am Tag springt sie vom Schrank herunter, um in die Ecke neben dem Kühlschrank zu laufen. Dort wartet eine Portion Katzenfutter auf sie, in der Regel ihre Lieblingssorte »Seelachs mit Truthahn«. Die Katze erstarrt vor dem Teller-chen. Ihre Wahrnehmung bekommt einen Riss. Das wilde Herz sagt der Katze, dass nur Bewegliches gut schmeckt. Der »Seelachs mit Truthahn« bewegt sich allerdings überhaupt nicht, macht aber trotz-dem satt. In diesen Augenblicken kann man buch-stäblich hören, wie die Welten in dem großen Kat-zenkopf aufeinanderknallen – die Welt, wie sie sein soll, und die Welt, wie sie ist. Es schmerzt, wenn die Träume nicht der Wirklichkeit entsprechen. Was-silissa isst das Katzenfutter zwar auf, schämt sich dafür aber fürchterlich und geht mit neuer Kraft auf den Schrank, um von dort aus zu jagen.

Jeden Morgen weckt sie meine Mutter, indem sie auf deren Bett springt und das Kopfkissen mit den Pfoten knetet. Sie kommen gut miteinander aus, doch ein richtiger Spielkamerad ist die Katze nicht, dafür ist sie zu launisch und unabhängig. Auch mit dem Fernseher kann man nicht wirklich kommunizieren. Allein zu leben ist zwar schön, dachte meine Mutter daher, doch irgendwann wünscht sich jeder Robinson einen Freitag, jemanden, der nicht neben einem, sondern mit einem lebt. Außerdem befürchtete meine Mutter, der Appetit ihrer Katze würde nachlassen, weil sich in der Wohnung kaum etwas bewegte. Außerdem hatte meine Mutter es satt, ständig die von Wassilissa getöteten Fliegen aufzusammeln, die überall unter den Fensterbrettern und in den Ecken lagen.

Irgendwann entdeckte sie den Verkaufskanal im Fernsehen, wo knallharte Profis arbeiteten, die jedem irgendein dummes Zeug andrehen konnten. Ich glaube, genau das veranlasste meine Mutter, sich für teures Geld einen sprechenden Staubsauger der Marke *iRobot* zu kaufen. Ihre Monatsrente ging dafür fast drauf. Der *iRobot* rollte von allein durch die Wohnung, suchte Schmutz, fand ihn und nahm ihn weg. Er fuhr auf einer rätselhaften Phantasieroute und nach nur ihm allein bekannten Koordinaten durch die Zimmer, sah dabei aber der-

maßen intelligent und schlau aus, als verfolge er
einen geheimen Plan.

Die ganze Familie kam zusammen, um das Wunder der Technik zu begutachten: Kugelig, schwarz
und mit kleinen Schnurrbärten an den Seiten, die
ihm helfen sollten, den Staub aus schwer erreichbaren Ecken zu kitzeln, erwies sich der Roboter
als lustiger Spielkamerad und Frauenheld: sprach-
gewandt, abenteuerlustig, permanent verliebt. In
mancher Hinsicht war er deutlich intelligenter als
wir, immerhin hatte er sechzehn Sprachen drauf.
Und er konnte gut reden. In der Gebrauchsanweisung stand, wenn ein Problem auftauchte, würde
der Staubsauger mit einem »Oh! Oh!« seine Besitzer darauf aufmerksam machen und mit einer
Sprachaufzeichnung erklären, was passiert war.
Meine Mutter nannte das Gerät Wasja, als wäre der
Staubsauger ein Bruder von Wassilissa, und wählte
Russisch als gemeinsame Sprache.

Gleich am ersten Abend sollte Wasja zum Ein-
satz kommen. Ich schaute vorbei, um sicherzuge-
hen, dass der Roboter seine Aufgaben auch richtig
verstand. In der Wohnung herrschte eine Bomben-
stimmung. Meine Mutter saß lachend auf einem

Drehstuhl in der Mitte des Zimmers, um den Stuhl herum drehte sich Wasja im Kreis und skandierte auf Russisch mit dunkler, verrauchter Stimme: »Oh! Oh! Fehler Nummer fünf!« Neben ihm sprang Wassilissa wie ein kleines Zirkusbärchen herum, sichtbar glücklich, dass endlich Bewegung in ihr Leben gekommen war. Meine Mutter war bester Laune, die Stimmung stieg hoch und höher. Meine Frage, ob Wasja nebenbei auch noch putze oder nur herumspiele, verstand meine Mutter nicht.

Mit Wasjas Erscheinung wurde die Wohnung zwar nicht sauberer, aber lauter und lustiger. Zeitweise stellte der Staubsauger sogar den Fernseher in den Schatten.

Wasja hatte ein problematisches Leben, ständig hörte man sein »Oh! Oh!« aus allen Zimmern. Dazu verliebte er sich stets in alleinstehende Möbelstücke, umkreise sie und kam nicht mehr weiter. Er verstrickte sich obendrein in eine komplizierte Beziehung mit dem kleinen weißen Ziegenfell, das bei meiner Mutter vor dem Sofa lag. Kaum verließ Wasja seine Ladestation, steuerte er es sofort an, kitzelte das Ziegenfell mit seinen Schnurrbärtchen, verwickelte sich im Fell und rief stöhnend »Fehler

Nummer acht!« zur großen Freude der Katze Wassilissa, die ihre Jagdleidenschaft nun besonders intensiv ausleben durfte und dem Staubsauger immer wieder auf den Rücken sprang. Dann hieß es
»Fehler Nummer drei«.

Meine Mutter kümmerte sich um Wasjas Er-
ziehung und gab die Hoffnung nicht auf, aus ihm
irgendwann einen richtigen Putzmann zu machen.
Doch Wasja schien für eine ernsthafte Beschäftigung nicht zu gebrauchen zu sein. Als kommuni-
kativer Mitbewohner und lustiger Geselle taugte er
aber allemal.

Wasja und Wassilissa sind inzwischen dicke
Freunde geworden. Mehrmals habe ich bei einem
Mutterbesuch beobachtet, wie sie zusammen aufs
Klo gingen. Und wenn es sich die Katze in ihrem
Körbchen gemütlich machte, fuhr Wasja hin und
her, um sie in dieser hilflosen Stellung zu beschüt-
zen. Dafür strich ihm Wassilissa ab und zu zärtlich
mit der Pfote über seinen Schnurrbart.

Meine Mutter war von dem Kauf begeistert. Sie
konnte meine Frage gar nicht verstehen, als ich
mich bei ihr nach einem Monat erkundigte, ob das
Gerät auch sauber machen würde und zum Bei-

spiel die toten Fliegen einsammelte, die die Katze nach ihrer Jagd überall hinterließ.

»Ach was«, meinte meine Mutter, »die paar Fliegen, die kann ich auch selbst einsammeln. Man muss sich ja schließlich bewegen. Bewegung ist gesund.«

»Oh! Oh! Fehler Nummer drei!«, hörte ich jemanden im Hintergrund rufen.

»Ich muss jetzt los, Wasja hat sich in die Gardine gewickelt. Ich ruf dich später an, wenn er schläft«, sagte meine Mutter und legte auf.

## Sich wundern

Steine werfen und Steine sammeln hat seine Zeit, doch jedes Jahr werden es mehr. Wohin damit? In der Pubertät warf meine Tochter die Steine ganz schön weit. Bei ihrem sechzehnten Geburtstag veranstaltete sie zu Hause eine Facebook-Party mit hundert Gästen, von denen sie nicht einmal die Hälfte kannte. Zu ihrem siebzehnten wollte sie mit Freunden nach Paris fliegen und Jim Morrison ausgraben. Zu ihrem achtzehnten hatte sie keine Lust mehr zu werfen.

»Das ist wahrscheinlich der letzte Geburtstag, den es überhaupt zu feiern lohnt«, meinte sie. »Danach wird man nur noch älter und hässlicher. Ich habe eigentlich immer davon geträumt, volljährig zu werden und alles zu dürfen: in der Videothek selbst die Serien auswählen, in der Erwachsenendisko tanzen, Filme ab achtzehn anschauen. Jetzt, wo ich das alles darf, will ich es plötzlich nicht mehr«, wunderte sie sich.

Um meine Tochter bei Laune zu halten, schlug ich ihr vor, gemeinsam mit ihr ins Kino zu gehen und einen brutalen Film für Erwachsene anzuschauen, »Sin City 2«, bei dem es sich wirklich lohnte, die 3D-Brille aufzusetzen. Nicole willigte ein, und ihr kleiner Bruder wurde blass vor Neid. Er musste noch ein paar Jahre warten, bis er das durfte.

Die Fortsetzung von »Sin City« hat uns beeindruckt. Die Helden wanderten ständig zwischen Leben und Tod, starben immer und immer wieder, wurden zusammengenäht und kämpften sich zurück. Es floss so viel Blut über die Leinwand, dass man ungefähr ab der Mitte des Films nicht mehr wusste, wer noch lebte und wer nur so tat als ob.

Vorsichtig fragte ich meine Tochter, wie ihr der Erwachsenenfilm gefallen habe. Sie fand den Film gar nicht so blutrünstig, eher liebevoll. Sie habe schon Schlimmeres gesehen, zum Beispiel bei Oma im russischen Fernsehen, meinte Nicole. Die Oma würde sich regelmäßig eine skurrile Sendung ansehen, eine Realityshow, in der Untote von ihren

Erfahrungen im Jenseits berichten, erzählte sie. Nicole hatte sich ein paarmal diese Sendungen mit der Oma zusammen angeschaut und konnte danach nicht schlafen. Ich wusste sofort, was sie meinte. Es gab mehrere solcher Sendungen bei den Russen. Sie stehen auf Wunder, auf Außerirdische, Schneemenschen, Bermudadreiecke und Ähnliches. Die Trostlosigkeit der Realität lässt sich leichter verkraften, wenn man weiß, dass alles möglich ist.

Eine der Lieblingssendungen meiner Mutter hieß »Das Licht am Ende des Tunnels«. Dort wurden Menschen vorgestellt, denen etwas Schreckliches widerfahren war und wo doch am Ende alles gut ausging. Entweder waren sie sehr krank und wurden wie durch ein Wunder geheilt, oder sie überlebten einen Flugzeugabsturz und hatten nicht einmal einen Kratzer abbekommen. Einmal haben sie einen kaukasischen Zigarettenverkäufer interviewt, dem freche Jungs aus Spaß eine Handgranate in den Kiosk geworfen hatten. Der Kiosk war auseinandergeflogen, dem Kaukasier war aber nichts passiert. Für den Betroffenen war sein Glück eine Selbstverständlichkeit. Als er zwölf Jahre alt

gewesen war, hatte ihm eine Zigeunerin vorausge-
sagt, ihn würde eine Rothaarige aus Eifersucht um-
bringen. Daran habe er nie gezweifelt, erzählte er
im Studio.

Ein andermal hatten sie einen Selbstmörder im
Studio, der sich von der Sinnlosigkeit seines Lebens
frustriert eine Kugel in den Kopf hatte jagen wollen, aber danebengeschossen und sich nicht einmal verletzt hatte. All diese Menschen hatten un-
verhofft eine Daseinsverlängerung bekommen, ein
neues Leben quasi.

Es gab in dieser Sendung auch Leute, die überhaupt erst durch ein Wunder auf die Welt gekommen waren. Das skurrilste Beispiel war eine Frau,
die mit sechzig Jahren ihren eigenen Zwillingsbruder auf die Welt gebracht hatte. Ein dazu geladener
Arzt erklärte, wie so etwas möglich war. Es passiere
im Mutterleib oft, dass ein Fötus einen anderen
schlucke, meinte der Arzt. Und das wäre wohl dieser Frau passiert: Sie hatte im Bauch ihrer Mutter ihren Zwillingsbruder geschluckt. Der war auf
ihrer Leber gelandet und dort vertrocknet. Sechzig
Jahre später bekam die Frau zur Behandlung eines
Leberschadens hormonhaltige Medikamente, die

das beschädigte Lebergewebe wieder revitalisieren sollten. Dadurch wurde der verschluckte Zwillingsbruder geweckt, fing an zu wachsen und sich zu entwickeln. Da das zur rechten Zeit bemerkt wurde, entfernten ihn die Ärzte von der Leber seiner Schwester.

Auf diese Weise bekam die Frau, die selbst keine Kinder hatte, einen Zwillingsbruder. Sie kam mit dem Kinderwagen ins Studio und erzählte, dass sie schon immer geahnt hatte, dass irgendwo in ihrer Nähe jemand wäre, eine verwandte Seele, die ihr ähneln würde und sie verstehe. Sie hatte immer von einem Bruder geträumt. Aber sie wusste natürlich nicht, dass er die ganze Zeit in ihrer Leber gesteckt hatte. Der Zwillingsbruder grunzte im Kinderwagen, meine Mutter und ich rieben uns die Augen.

»Sin City 2« war in der Tat nichts dagegen.

## Stufen zählen

»Wie geht es dir, und wo bist du überhaupt?«
Meine Mutter rief mich von unterwegs an. Sie war
eine Woche lang in Antalya gewesen, hatte mich
jeden Abend angerufen und sich drüber beschwert,
dass die türkischen Reiseveranstalter keine einzige Sprache aus ihrem Mund verstanden, weder
Englisch noch Russisch noch Deutsch. Die Reiseveranstalter hatten sich nur gewundert, dass eine
ältere Dame ohne Begleitung so energisch unterwegs war. Ständig fragten sie meine Mutter: »How
old?«

Aus Trotz sagte sie: »Hundert!« In Wirklichkeit
war sie da erst 83 – genau das richtige Alter, um
die Welt zu entdecken.

Wir verpassten uns. Sie kam aus Antalya nach
Hause zurück, ich fuhr am gleichen Tag in den
Schwarzwald, um eine Dokumentation über dor-

tige Künstler zu drehen. Mein erster hieß Stefan und hatte es sich zur Aufgabe gemacht, den verstaubten Begriff »Heimat« zu rehabilitieren. Dazu malte er riesige Keulen Schwarzwaldschinken auf die Leinwand, projektierte aufwändige Kirschtorten und erfand die berühmte Kuckucksuhr neu, indem er keinen Kuckuck, sondern eine Micky Maus aus dem Fenster kucken und quaken ließ – und zwar immer fünf Minuten vor zwölf. Stefan war ein fröhlicher und liebenswerter Mensch, der zur richtigen Zeit und am richtigen Ort die »Heimat« wiederentdeckte. Sein geliebter Schwarzwald passte perfekt zu seinem Vorhaben. Nicht zufällig war dort der erste deutsche Heimatfilm gedreht worden. Gut gelaunte Holzfäller spazierten in diesem Film aus dem Wald in die Kneipe und wieder in den Wald zurück.

Wir tranken mit Stefan eine Menge Weißwein aus der Region und sahen jede Menge Japaner, die für teures Geld Kuckucksuhren kauften. Ich erzählte ihm von meiner Heimat, der Sowjetunion, die im vorigen Jahrhundert unter den Füßen ihrer Bürger weggebrochen war und Millionen Menschen zu immobilen Migranten gemacht hatte. Sie

hatten das Land gewechselt, ohne ihr Haus zu verlassen.

»Kann man eine geflohene Heimat wiederaufer-
stehen lassen?«, fragte ich den Künstler.

An dieser interessanten Stelle rief mich meine
Mutter an.

»Ich bin im Schwarzwald, Mama, in Donau-
eschinken«, erklärte ich meiner Mutter meinen Auf-
enthaltsort, obwohl ich mir nicht sicher war, wie die
Stadt wirklich hieß. »Es ist malerisch schön hier,
wie auf einer Postkarte! Überall Berge und Wald.«

»Geh nicht zu weit in den schwarzen Wald. Und
klettere um Gottes willen nicht zu hoch! Pass auf
dich auf«, empfahl mir meine Mutter.

»Das sind hier keine richtigen Berge, Mama«, erklärte ich. »Es sind nur Weinberge, die sind nicht
zum Klettern, sondern mehr zum Trinken da.«

Meine Mutter, die bekanntermaßen oft und
gern verreist, hat zwei Phobien: Angst vor Bergen und vor Treppen. Vor dem Schwarzwald hatte
ich eine Künstlerreportage in Wuppertal gedreht,
einer Stadt, die fast nur aus Bergen und Treppen
bestand. Angeblich gab es hier sogar die längste
Treppe Europas. Damals erzählte ich meiner Mut-

ter, sie solle Wuppertal besser meiden, sie würde sich dort nicht frei bewegen können.

Jede Generation hat eine eigene Vorstellung von Bewegungsfreiheit und von den Hürden, die sie einschränken. Die Bewegungsfreiheit meiner Tochter wird zum Beispiel durch ihre Eltern eingeschränkt, sie muss also gar nicht viel tun, um diese Schranke zu überwinden: nur zu Hause sitzen und warten, bis die Eltern weg sind. Meine Tochter tut das mit Feingefühl, ohne zu drängen. Sie bekam bei ihren Abiprüfungen eine Eins in Chemie und Philosophie, ist also eine chemische Philosophin und liest sogar alte Chinesen. Konfuzius war es, glaube ich, der einmal gesagt hat: Wenn man lange genug am Ufer der Zeit sitzt, schwimmen irgendwann die Eltern an einem vorbei. Das ist natürlich metaphorisch gemeint.

Meine Frau und ich sind oft unterwegs, wodurch unsere Tochter ihre sturmfreie Bude und ihre Bewegungsfreiheit in vollem Ausmaß bekommt. Die Bewegungsfreiheit meiner Mutter wird hingegen durch Treppen in aller Welt eingeschränkt, dabei liebt sie das Reisen über alles. Das Ziel ist ziemlich egal, nur möglichst preiswert und nicht allzu fern sollte es sein. Am besten in Europa. Dabei hat sie überhaupt keine Angst vor nächtelangen Busfahrten, vor schlechtem Essen in zwielichtigen Hotelanlagen und robusten deutschen Rentnern, die immer zu schnell von einer Sehenswürdigkeit zur nächsten rennen. Meine Mutter macht alles mit, nur Treppen mag sie nicht. Und Europa besteht fast nur aus Treppen.

Nach einem Sturz vor zwei Jahren ist sie noch vorsichtiger geworden und hat eine Lösung gefunden: Sie fotografiert Treppen, anstatt sie zu besteigen. So wie andere Touristen für sie selbst unerreichbare Bergspitzen knipsen, den Kilimandscharo oder Mount Everest, dokumentiert meine Mutter Treppen als unerreichbare Orte ihrer Sehnsucht. Sie hat mindestens drei Alben voller Treppenfotos zu Hause liegen. Oft bittet sie die robusten deutschen Rentner aus ihrer Reisegruppe, die sofort hochsteigen, wenn sie irgendwo eine Treppe sehen, für sie die Stufen zu zählen. Wenn sie das nicht wollen, recherchiert sie die Zahl im Netz. In Berlin angekommen beschriftet sie die Fotos akribisch mit dem Namen der Treppe, ihrem Baujahr, der Stufenanzahl usw.

Nach den Fotoalben meiner Mutter zu urteilen machen die Menschen in Europa nichts anderes, als irgendwelche schönen Treppen zu besteigen. Oder auf ihnen zu sitzen. Zu den Perlen in Mutters Fotosammlung gehört natürlich die berühmte Spanische Treppe in Rom (138 Stufen), die sehr rutschige und besonders nach Regen gefährliche Montmartre-Treppe (237 Stufen) und sogar die sogenannte Killertreppe von Madrid in der Nähe des Neptun-Platzes, die angeblich schon mehrere Omas auf dem Gewissen hat. Von unten sieht sie nicht sonderlich gefährlich aus, erst in der Mitte merkt der Treppensteiger, dass die Stufen immer höher werden und ihre Winkel immer steiler, doch diese Erkenntnis kommt zu spät, um umzukehren.

»Die Treppe ist eine Falle für unvernünftige Omas«, meint meine Mutter.

Sie selbst bleibt Gott sei Dank vernünftig und auf der Erde. Sie klettert niemals hoch, sie fotografiert nur. Und manchmal, wenn ich die Fotoalben meiner Mutter ansehe, denke ich, vielleicht liegt das Unglücklichsein der Menschen gerade darin, dass sie ihr Leben als ständiges Treppensteigen begreifen. Sogar im Alten Testament wird die

Jakobsleiter beschrieben, die den Himmel mit der Erde verbindet. Und jeder Lebende, ob Sünder, Frommer oder Atheist, muss diese Treppe früher oder später besteigen. Nur meine Mutter wird ganz sicher nicht hochklettern. Sie wird unten stehen bleiben, ein paar Fotos machen und die Rentner, die bereits auf der Leiter sind, bitten, die Stufen zu zählen. Wenn sie nicht zurückkommen, recherchiert sie die Zahl später im Netz.

## Um die Wahrheit streiten

Einmal die Woche gibt meine Mutter bei sich zu Hause eine total unpolitische Teeparty. Ihre besten Freundinnen kommen, um die aktuellen Lebensereignisse auszudiskutieren, wobei die Hauptthemen am Tisch immer die gleichen bleiben: Mode, Kochkunst, Ballett. Die Kommunisten-Oma backt gerne und bringt ihren Kuchen mit. Die Reise-Oma hegt große Pläne, bereitet sich seit etlichen Jahren auf eine Fahrradtour durch die Wüste vor und hat im Zuge der Vorbereitung bereits an der Fahrradtour Wannsee-Babelsberg teilgenommen. Und die Musik-Oma hat die Programme aller Konzerthäuser dabei.

Spätestens nach einer Tasse Tee stehen die Segel der Erinnerungen in vollem Wind. Unter dem Motto »Früher war alles besser« beginnt eine Reise in die Vergangenheit. Dabei streiten sich die Omas bis aufs Blut. Jede scheint ihre eigene Wahrheit zu haben. Die Kommunisten-Oma meint zu meiner Mutter, mein Vater hätte zu gerne am Wochenende getrunken, während ihr eigener Mann sich selbst an seinen freien Tagen um den Aufbau des Kommunismus bemüht habe. Meine Mutter bestreitet das. Nein, sagt sie, er habe bloß gerne den Stierlitz gegeben.

Dieser Stierlitz war ein Held in einem berühmten sowjetischen Spionageroman, dessen Verfilmung die Russen jedes Jahr im Mai am Tag des Sieges im Fernsehen sahen und zutiefst verinnerlicht hatten. In dieser zwölfteiligen Fernsehserie »Siebzehn Augenblicke des Frühlings« ging es um einen sowjetischen Kundschafter, Oberst Isajew, der sich – als Obersturmbannführer Stierlitz getarnt – in die obersten Etagen der Wehrmacht einschleuste, um die geheimen Friedensverhandlungen der Nazis mit den Amerikanern zum Scheitern zu bringen. Die ganze Zeit war Stierlitz im Film damit beschäftigt, nicht als Russe aufzufallen, doch am Ende jeder Folge konnte er nicht mehr. Er öffnete zwei Knöpfe an seiner Uniform und wollte zumindest den Feierabend als Russe verbringen. Erst schickte er aber seine Sekretärin nach Hause, die ihm tagsüber Kaffee kochte.

»Sie können jetzt gehen, Barbara«, sagte der Schauspieler immer am Ende.

Dieser Satz hatte es meinem Vater sehr angetan. Er benutzte ihn gern, um sein Recht auf Privatsphäre zu betonen und seine Unabhängigkeit zu bewahren. Wenn er zum Beispiel am Sonntagnachmittag in der Küche saß und meine Mutter zu ihm sagte: »Es ist erst halb drei, und du machst schon die zweite Flasche Wein auf«, antwortete mein Vater mit großer Geste: »Sie können jetzt gehen, Barbara.«

Er mochte den Film, aber den Wein mochte er doch auch, konterte die Kommunisten-Oma.

Meine Mutter bestreitet ihrerseits die Fähigkeit der Kommunisten-Oma, Kuchen zu backen. Der Teig sei zu schwer, zu trocken und zu dick.

»Du hast keine Ahnung vom Kuchenbacken!«, regt sich die Kommunisten-Oma auf. Das sei nämlich gar kein Kuchen, sondern ein deutsch-demokratischer Stollen, ein Rezept aus der DDR. Ihr verstorbener Mann und seine Freunde und überhaupt alle Deutschen wären und seien ganz verrückt danach. Sie hätten einen richtigen Stollenknall und könnten ihn kiloweise essen, ohne je genug davon zu kriegen.

»Aber was weißt du schon vom deutschen Leben? Du schaust dir ja nur schlechte russische Serien an.«

Sie selbst hatte 1963 in Moskau einen ostdeutschen Kommunisten geheiratet und war mit ihm zusammen aus der Sowjetunion nach Sachsen, nach Karl-Marx-Stadt, ausgewandert, um dort weiter den sozialistischen Stollen zusammenzubacken. Sie hält sich für eine Expertin für das deutsche Leben und verwechselt gern ganz Deutschland mit Karl-Marx-Stadt im Jahr 1963. Als ihr Mann, ein schwer überzeugter Kommunist, noch lebte, stand die Kommunisten-Oma ihm und seinen Ideen sehr kritisch gegenüber, im Familienkreis war sie stets in der Opposition und hatte deswegen von mir damals den Spitznamen Dissidenten-Tante bekommen. Erst nach dem Tod ihres Mannes verkehrten sich ihre politischen Überzeugungen ins Gegenteil. Nun verwendet sie die gleichen Argumente wie damals ihr Mann, als wären seine kommunistischen Ideale nach seinem Tod nicht mitgestorben, sondern in den nächstbesten Menschen gewandert – seine Witwe.

Ideale sind zarte, luftige Gestalten, sie können ohne Menschen nicht überleben. Sie brauchen jemanden, der sie hegt und pflegt. Und so ist aus der Dissidenten-Tante eine Kommunisten-Oma geworden.

»Dein Stollen schmeckt nach Sand«, sagt die Reise-Oma. »Das kommt bei mir gut an. Ich plane gerade eine Fahrradtour durch die Sahara.«

Ich staune jedes Mal, wenn die Omas sich streiten. Ich dachte immer, nichts würde die Menschen stärker zusammenschweißen als eine gemeinsame Vergangenheit. Und von der konnten die Omas ein Lied singen. Sie kamen alle aus dem gleichen sowjetischen Legoland. Sie hatten die gleichen Bücher im Regal stehen, hellblaue Tschechow-Bände und Scholochow in Dunkelrot, sie hatten alle den gleichen Stierlitz im Fernsehen gesehen und die gleichen Lieder gesungen: »Lass die Sonne ewig scheinen« beispielsweise. Sie hatten rote Sterne an der Brust getragen und Gedichte darüber gelernt wie das hier:

*Dieses Sternchen lädt dich ein,*
*Ein Oktoberkind zu sein.*
*Es ist groß, und es ist rot,*
*Häng es auf, sonst bist Du…*

So oder so ähnlich.

Ich kenne kein anderes Land, in dem das Leben dermaßen stark uniformiert wurde wie in der Sowjetunion. Jeden Tag zur gleichen Zeit packten alle Schüler die gleichen Stullen in die gleichen Ranzen und gingen in Uniformkostümen in die gleichen Schulen, wo Lehrerinnen mit gleichen Frisuren ihnen allen das Gleiche erzählten. Und trotzdem sind die Omas so unterschiedlich geworden. Wie geht das? Sie haben keine einzige Erinnerung, die sie wortlos teilen, keine einzige Frage, in der sie sich einig sind. Selbst wenn sie sich im Internet die Nachrichten anschauen, sieht jede von ihnen etwas anderes:

Die Reise-Oma ignoriert grundsätzlich alle politischen Neuigkeiten. Sie will sie nicht wahrnehmen. Sie erregt sich dafür umso mehr über Naturkatastrophen. Die Klimaerwärmung nimmt sie wie eine persönliche Tragödie. Ein Erdbeben in Japan oder eine große Welle im Atlantik kann sie völlig aus der Fassung bringen.

Für die Kommunisten-Oma haben die wirtschaftlichen Nachrichten höchste Priorität. Die Naturgewalten lassen sie kalt, wenn sie aber liest, die Deutsche Bank habe nach langer Pause wieder kleine Gewinne vermeldet, wird sie grün im Gesicht. In ihrer Vorstellung summieren sich die kleinen Gewinne der Bank aus vielen großen Pleiten und Pannen der Arbeiter, der Bauern und der Kleinunternehmer, die zu naiv waren und bei der Bank Kredite aufgenommen haben, wodurch sie nun in den Ruin getrieben wurden. In ihrer Vorstellung sind Bankmanager abartige, böse Menschen, die vom Unglück anderer leben. Tagsüber erzählen sie in den Nachrichten, wie man schnell reich wird, und nachts ziehen sie durch die Stadt und klauen Kinderfahrräder, die sie später für Kleingeld auf dem Flohmarkt an die Eltern zurückverkaufen. Oder sie klauen den Omas ihr Erspartes unter dem Kopfkissen weg – nach dem Motto »Hundert Omas erleichtert – einen kleinen Gewinn vermeldet«. So denkt die Kommunisten-Oma.

Die Musik-Oma hat eine besondere Sehweise,

sie hält die Werbebanner im Internet für die wahren Nachrichten. Nur das, was blinkt, erregt ihre Aufmerksamkeit. Deswegen lebt sie in einer schrillen, bunten Welt, in der es überhaupt keine Naturkatastrophen und keine Ungerechtigkeiten gibt. Die Menschen in dieser Welt haben nur zwei Probleme: Entweder ist ihr Penis beziehungsweise Busen zu klein, oder sie wollen abnehmen. Und jede Nachricht verspricht das nahe Glück.

Meine Mutter gibt sich Mühe, bei dieser Vielfalt der Themen auf dem richtigen Kurs zu bleiben. Sie interessiert sich weiterhin stur nur für Mode, Kochkunst und Ballett.

# Drehbücher lesen

Meine Mutter erschrak, als ich ihr vor einigen Jahren berichtete, mein erstes Buch, »Russendisko«, solle als Vorlage für ein Drehbuch genommen und verfilmt werden.

»Du hast dir doch alles darin ausgedacht – die Geschichte der Auswanderung, die Russen in Deutschland… Die Menschen werden uns auslachen. Dein Buch ist nur eine Ansammlung von Anekdoten, es kann nicht verfilmt werden«, meinte sie.

Mir war es ehrlich gesagt auch schleierhaft, wie man aus so vielen Kurzgeschichten einen zusammenhängenden Plot für einen Film stricken konnte. Aber die Vorstellung, meine eigenen Erzählungen gespielt von lebendigen Menschen auf der Leinwand zu sehen, diese Vorstellung schmeichelte meinem Schriftsteller-Ego.

»Russendisko« war mein erstes Buch gewesen und aus Geschichten entstanden, die wenig bis gar nichts miteinander zu tun hatten. Außer vielleicht, dass sie alle zur gleichen Zeit spielten und am selben Ort – Anfang der Neunzigerjahre in Berlin. Sie beschrieben, was uns frischen Ankömmlingen aus Russland in Ostberlin alles passierte. Damals erfand sich die deutsche Hauptstadt gerade wieder neu, und jeder, der nicht zu faul war, nutzte die historische Chance, seinen alternativen Lebensentwurf auf Berliner Boden zu verwirklichen. Die meisten Entwürfe waren bildhaft genug, warum also keinen Film daraus machen?

So dachte ich. Immerhin musste ich für diese Filmproduktion nichts tun, außer in regelmäßigen Abständen das Kleingeld für die Rechte zu kassieren. Als Außenstehender hatte ich in jedem Fall gute Karten. Würde der Film ein Erfolg, könnte ich mich im Licht des unverdienten Ruhmes mit sonnen. Sollte der Film schieflaufen, konnte ich immer behaupten, ich hätte wenig damit zu tun gehabt.

Natürlich konnte das Buch nicht eins zu eins in Filmsprache übersetzt werden, dafür war es zu realistisch gehalten. Im Schreiben orientiere ich mich

am Alltag, der nicht nur aus Abenteuern besteht.
Ein Film aber braucht stets Spannung, er braucht
Höhe- und Tiefpunkte, große Liebe, gebrochene
Herzen – all das, was nicht alltäglich ist. In meinen Erzählungen saßen die Protagonisten meistens in ihren Küchen oder Kneipen und dachten
darüber nach, was sie gerne machen würden, statt
in ihren Küchen und Kneipen zu sitzen. Im Leben
und in der Literatur mögen solche Unterhaltun-
gen spannend sein, für die große Leinwand ist das
aber nichts. Im Film muss immer etwas Außerge-
wöhnliches passieren, damit er glaubwürdig wirkt.
Die Protagonisten in einem Film können nicht einmal eine Straße ohne triftigen Grund überqueren.
Nein, im Film müssen sie auf der Flucht sein, von
Killern verfolgt werden, ihre verlorene Liebe mit
plötzlicher Entschlossenheit retten. Nur dann dürfen sie die Straße überqueren.

Ich hatte von Anfang an Verständnis dafür, dass
mein Buch für Filmzwecke überarbeitet wurde, und
freute mich, die Arbeit nicht selbst machen zu müssen. Die Drehbuchschreiber wechselten wie Früh-
stücksbrötchen. Fast täglich wurden neue eingeladen, und ihre Fassungen vermehrten sich wie die

Kaninchen. Ich hatte mir solche Autoren als dick-
häutige Allzweckschreiber vorgestellt, in Wirklichkeit lernte ich sensible Menschen kennen. Kaum
einer von ihnen hielt länger als zwei Fassungen
durch. Sie bekamen eine Krise oder eine Schreib-
blockade und wurden ausgewechselt.

Die Jahre vergingen, und alle Drehbuchfassungen wurden nacheinander als nicht ausgereift genug abgetan. Kein Wunder, denn eine Filmproduktion ist Kollektivarbeit. Eine Drehbuchfassung
muss gleichzeitig vielen unterschiedlichen Menschen gefallen. Und gerade Filmleute ticken nicht
alle gleich. Was dem einen gefällt, findet der andere
ganz sicher schrecklich. Meine hinterlistige Tak-
tik im Umgang mit Drehbuchfassungen bestand
darin, dass ich sie nicht las. Nach außen redete
ich mich heraus, ich hätte noch nicht die Zeit gefunden, mich mit dem Stoff zu beschäftigen, habe
aber fest vor, ganz bald damit anzufangen. Wenig
später war die aktuelle Fassung schon nicht mehr
aktuell, alle warteten gespannt auf die nächste, und
ich war froh, die alte nicht gelesen zu haben. Diese
nichtgelesenen Drehbücher beanspruchten allerdings immer mehr Platz in meinem Arbeitszimmer,

manche hatte ich aber auch im Korridor und in der Küche abgelegt.

So kam meine Mutter mit ihnen in Berührung. Manchmal kommt sie nämlich in mein Zimmer, um zu kontrollieren, womit sich ihr Sohn gerade beschäftigt. Bei einer solchen Gelegenheit las sie eines der Drehbücher halb durch – meine Mutter ist eine Schnellleserin –, und ihr standen die Haare zu Berge. Sie bestellte mich zu sich in die Küche zu einem Gespräch.

»Du wirst in diesem Buch in ungünstigem Licht dargestellt«, meinte sie. »Allein schon die erotische Liebesszene in einer Badewanne ohne Wasser! Hast du das überhaupt gelesen? Ganz Deutschland wird über dich lachen. Das darfst du nicht zulassen, du musst es verbieten! Hast du als Autor der Vorlage kein Mitspracherecht?«, regte sich meine Mutter auf.

»Ach, Mama«, versuchte ich die Filmemacher zu verteidigen. »Die Liebesszene in der Badewanne ist eine künstlerische Übertreibung. Niemand wird im Ernst so einen Quatsch glauben. Es geht ja um unser Leben in Ostberlin Anfang der Neunzigerjahre. Damals gab es hier weit und breit keine

Badewannen. Die meisten Häuser hatten noch Außentoiletten. Niemand von uns hatte ein Bad, höchstens eine stinkende Duschkabine in einer Ecke, für Erotik völlig ungeeignet. Ein Film ist aber immer ein Märchen. Außerdem sieht so eine Badewanne auf der Leinwand sehr gut aus.«

Meine Mutter schüttelte ungläubig den Kopf. Sie blätterte in dem Drehbuch weiter und fand sich selbst als Filmfigur, ebenfalls in einem ungünstigen Licht. In dieser Drehbuchfassung wurde beschrieben, wie meine Eltern ihre Ankunft in Deutschland feierten: Als hätten sie in einem russischen Restaurant in Berlin gesessen, riesige Biergläser geschwungen und ständig merkwürdige Trinksprüche von sich gegeben. Das war natürlich auch gelogen. In Wirklichkeit waren wir damals beim Griechen gewesen, weil mein Vater total auf Ouzo stand. Nur er allein hatte die ganze Zeit die Trinksprüche gekloppt, meine Mutter musste ihm zuhören. Auch diese Unwahrheit sollte ich aufklären. Außerdem fand meine Mutter es unmöglich, unter ihrem richtigen Namen im Film zu agieren.

»Die Namen müssen unbedingt geändert werden«, meinte sie.

Ich rief den Produzenten an und sagte: »Houston, wir haben ein Problem. Meine Mutter hat das Drehbuch gelesen. Daher meine Frage: Müssen denn die Protagonisten, die uns und unsere Eltern spielen, unbedingt ihre richtigen Namen tragen? Als ich ›Russendisko‹ geschrieben habe, war ich zu naiv gewesen, um die Namen zu ändern. Könnten die Filmfiguren nicht irgendwie anders heißen?«, fragte ich den netten Produzenten.

Der Produzent war bemüht, uns zufriedenzustellen.

»Wir können und werden eine neue Drehbuchfassung schreiben lassen. Das werden wir tun«, sagte er. »Wir werden euch, besonders die Mutter, im besten Licht zeigen. Aber Namen ändern kommt nicht infrage. Wir wollen authentisch bleiben.«

Ab der dreiunddreißigsten Fassung sagte ich zu Mama, es käme nicht auf das Geschriebene, sondern auf die Regie und die Schauspieler an. Richtig gute Schauspieler und ein begabter Regisseur könnten auch eine erotische Szene in einer Badewanne ohne Wasser so drehen, dass alle weinten – oder lachten. Wir wussten bis zum Schluss nicht, was bei diesem Film am Ende herauskommen würde: eine Tragödie oder eine Komödie. Eine Komödie ist gut für den Kopf, sie schärft den Verstand und macht Laune. Eine Tragödie appelliert an die Gefühle der Menschen, sie nimmt ihre Herzen in Anspruch. Am besten wäre natürlich, beides in einem Film zu haben, nur wie schafft man das? Es gibt dafür keine fertigen Rezepte.

Mit der Ankündigung der Verfilmung hatte die Tanzveranstaltung *Russendisko*, bei der ich als DJ tätig war, ihre ohnehin große Popularität noch weiter gesteigert. Zu jeder Veranstaltung im Kaffee Burger kamen Menschen, die entweder als Komparsen mitmachen oder die Hauptrolle im Film spielen oder Regie führen wollten, oder es waren Kameramänner ohne Job. Ich schickte sie alle zur Produktionsleitung, und die schickten sie weiter. Gleichzeitig begriff ich, dass es noch Jahre, wenn nicht Jahrzehnte dauern konnte, bis es tatsächlich zu Dreharbeiten käme. Das spielte mir in die Hand. Denn der Film »Russendisko« wurde immer berühmter, ohne überhaupt gedreht zu werden. Bis dahin konnten die Menschenmengen, die als Komparsen in dem Film mitspielen wollten, bei uns in der Disko trainieren.

Als ich endgültig glaubte, es würde ewig so weitergehen, begannen Mitte 2010 plötzlich die Dreharbeiten. Der Prenzlauer Berg der Neunzigerjahre wurde in einem Pavillon in Babelsberg nachgebaut, denn im wirklichen, inzwischen sauber renovierten und gentrifizierten Prenzlauer Berg fanden die Filmemacher nicht den Hauch der Freiheit von damals mehr. Eine Kopie des Kaffee Burger wurde am Rande von Lichtenberg in einem leer stehenden Fabrikgebäude errichtet. Ich habe den Drehort einmal mit meiner Familie besucht. An dem Tag wurde gerade eine Massentanzszene gedreht, die sehr authentisch auf mich wirkte. Viel authentischer als das Original.

Alles, was ich bei unseren seltenen Besuchen der Dreharbeiten wahrnehmen konnte, sah vielversprechend aus. Einmal spielte ich sogar selbst in einer kurzen Episode mit. Zusammen mit einem Freund mimten wir polnische Mauerstein-Großhändler, die jungen Russen gefälschte handgemalte Mauerbetonstücke anboten, damit diese sie an die Touristen weiterverkauften. Die Touristen wurden von meinen Kindern gespielt. Auf diese Weise wollten wir unsere ersten schauspielerischen Erfahrungen in der Familie sammeln. Meine Rolle war klitzeklein: die Kiste mit den Mauerstücken abstellen, Hände schütteln, Geld zählen. Die Kinder sollten mit anderen Passanten durch den Flohmarkt schlendern und sich die Mauerstücke anschauen. Für diese kleine Szene brauchten wir fünf Stunden. Wir wurden extra in alte Anzüge, komische Hemden und Sakkos gekleidet. Ich wollte der Ähnlichkeit wegen unbedingt einen Schnurrbart angeklebt bekommen. Auch die Kinder wollten Schnurrbärte, weil ich ihnen erzählt hatte, damals in den Neunzigerjahren wären Schnurrbärte in Berlin groß in Mode gewesen. Doch an diesem einen Tag waren die Schnurrbärte bei der Russendisko-Filmproduktion gerade alle. Die Maskenbildnerin erzählte uns, alle in diesem Film wollten Schnurrbärte tragen, das ganze Team sei nach Schnurrbärten verrückt, und deswegen könne sie uns leider keine mehr ankleben.

Aber auch ohne Schnurrbärte schien die Filmarbeit allen Beteiligten großen Spaß zu machen. Die Schauspieler schrien und sangen, die Massen tanzten engagiert, der Kameramann machte einen sehr professionellen Eindruck, und der Regisseur war ganz aus dem Häuschen.

Filmarbeit ist ähnlich wie ein Ausflug in ein Pionierlager. So habe ich das gesehen. Während die Schriftstellerei, ein einsamer Beruf, in stillem Nachdenken ausgeübt wird, dessen Höhen und Tiefen sich zwischen Autor und Papier abspielen, hängt die Filmarbeit von der Laune eines ganzen Kollektivs ab.

Meine Mutter war mit der Darstellung ihrer Person am Ende übrigens ganz zufrieden.

»Jetzt verstehe ich«, sagte sie, »was das Erfolgsrezept für einen Film ist: Ein richtig guter Film muss beim Drehen möglichst vielen Menschen möglichst viel Spaß machen, er muss sehr viele Drehbuchfassungen haben, er braucht unbedingt laute Musik, ein paar sympathische Schauspieler und vielleicht eine Liebesszene in einer Badewanne ohne Wasser.« Die es übrigens in dem Film dann gar nicht mehr gab. Wahrscheinlich wurde sie aus Pietätsgründen herausgeschnitten.

## Sich Sorgen machen

Im berühmten Märchen von Rotkäppchen und dem Wolf fragt das Rotkäppchen seine Großmutter, ohne zu wissen, dass sie mit einem als Großmutter verkleideten Wolf spricht, warum sie solche großen Ohren habe. Meine Tochter fragte meine Mutter stets, von wem sie solche dicken Augenbrauen habe und was man dagegen machen könne. Sie hat sie nämlich geerbt. Meine Tochter hat als Teenager sehr unter ihren dicken Augenbrauen gelitten. Sie erklärte den Augenbrauen den Krieg und versuchte, sie mit allen Mitteln der modernen Kosmetik zu vertuschen, zu übermalen, wegzuzupfen. Einige Male hat sie sich die Augenbrauen sogar ganz abrasiert, sehr zum Unmut ihrer Mutter und Großmutter. Sie malte sich mit schwarzer Tusche andere künstliche Augenbrauen in verspielten Bogen, wie sie die Mädchen in japanischen

Comiczeichnungen trugen. Alle Mühe war vergeblich, Nicoles Augenbrauen wuchsen schnell nach. Irgendwann hat sie sich damit abgefunden.

»Mach mal die Frida Kahlo, Nicole«, riefen ihr ihre bösen Freundinnen aus Spaß nach.

Nicole runzelte die Stirn und bekam eine fette Monobraue zustande, die ihr eine Ähnlichkeit mit der mexikanischen Künstlerin bescherte.

In der Nähe unseres Hauses in einer Nebenstraße befindet sich die Kneipe »Frida Kahlo«. Vor dem Eingang hängt ein großes Selbstporträt, auf dem Frida Kahlo ihre flauschigen Augenbrauen mit Stolz trägt und mit Besorgnis auf leichtsinnige, angetrunkene junge Menschen schaut, die an ihr vorbeitorkeln. Die Kneipe ihres Namens bietet in der Happy Hour alle Cocktails für drei Euro an, ist also zwischen 18.00 und 21.00 Uhr immer mit kichernden, besoffenen Jugendlichen überfüllt.

»Hast du schon wieder die Frida Kahlo gemacht, Nicole?«, fragen wir Eltern, wenn unsere Tochter zu spät und zu lustig nach Hause kommt.

Eigentlich waren dicke Augenbrauen bis ins siebzehnte Jahrhundert ein Schönheitsideal wie dicke Hintern und große Brüste. Je dicker die Augenbrauen, desto reifer sollte die Frau angeblich sein. In bestimmten Ländern hatte eine Frau ohne flauschige Augenbrauen überhaupt keine Chance, jemals zu heiraten. In Tadschikistan soll es noch heute so sein, habe ich gelesen. Erst als die Frauen anfingen, der Schönheit wegen zu hungern und sich überall die Haare abzurasieren, gingen ihnen auch die Augenbrauen verloren. Seitdem können Frauen ihre Besorgnis über die Welt nicht mehr mimisch darstellen. Außer in Tadschikistan. Dort ist alles beim Alten geblieben.

Meine Tochter ist aber Europäerin. Sie weiß genau: Sie hat die flauschigen Augenbrauen nicht von Frida Kahlo. Sie sind von der Oma über mich auf sie übergesprungen. Ich wurde bereits im Kindergarten damit gehänselt. Für einen Mann ist es allerdings weniger schlimm, dicke Augenbrauen zu tragen. In meiner Kindheit verliehen sie mir sogar eine Ähnlichkeit mit unserem damaligen Generalsekretär. Unser Land wurde von Greisen regiert, die alle gleich angezogen waren, und mit dem Alter verloren dann auch noch ihre Gesichter ihre besonderen Merkmale. Auf Gruppenfotos der führenden Kräfte des Landes konnte man einen nicht

vom anderen unterscheiden. Nur dieser Generalsekretär fiel durch seine markanten Augenbrauen
auf. Beim Vorlesen seiner Reden hingen sie manchmal so tief herunter, dass er die Buchstaben wie
in einem Dickicht sah, immer wieder im Text stol-
perte und die Sätze nicht zu Ende brachte. Dabei
musste das Land nach seinen Reden handeln.

Ich glaube, die Sowjetunion wurde in gewis-
ser Weise nicht von Menschen, sondern von den
Augenbrauen des Generalsekretärs regiert. Auf
jeden Fall gelang es diesen sehr gut, Besorgnis über
die Welt zu äußern. Bereits in der Grundschule
riefen mir meine Mitschüler zu: »Mach mal den
Breschnew!« Ich runzelte die Stirn und wurde zum
Generalsekretär.

Nach dessen Tod und einigen missratenen Nach-
folgern, die schneller tot waren, als sie etwas sagen
konnten, wählten die Kommunisten im Politbüro
einstimmig Gorbatschow. Aber nur, weil sie ihn
äußerlich gut von den anderen unterscheiden
konnten. Nämlich am großen Muttermal auf der
Stirn.

Zu mir waren die Augenbrauen von meiner Mutter gekommen. In der Schule hatte man sie als die

letzte Überlebende der Osterinsel ausgelacht wegen ihrer Ähnlichkeit mit den Steinköpfen dort.

»Mach mal die Steinköpfe!«, hatten ihre Mitschüler meiner Mutter zugerufen.

Vielleicht hatten sie gar nicht so unrecht und die Bewohner der Osterinsel waren tatsächlich unsere Vorfahren. Nach den Statuen der Osterinsel zu urteilen hatten sie große Ähnlichkeit mit uns. Zumindest was die Augenbrauen betraf. Schon damals schauten sie mit großer Sorge auf die Welt. Wo sind die besorgten Menschen hingezogen? Sie haben ihre Insel abgeholzt, um Seile und Gerüste zum Aufbau der Steinköpfe zu produzieren, um uns zu zeigen, dass wir nicht allein auf der Welt waren, wir Menschen mit dicken Augenbrauen, die sich Sorgen machten über den Zustand der Erde.

Wir sind alle eine Familie – die Steinköpfe der Osterinsel, der Generalsekretär, Frida Kahlo, Nicole, meine Mutter und ich. Wir bekümmern uns um den Lauf der Welt.

## Sport treiben

Die beste Alternative, wenn man keine Lust auf anstrengende Sportaktivitäten hat, ist schwimmen zu gehen. Denn Schwimmen macht fit und entspannt zugleich. Es gibt natürlich in jedem Bad auch unentspannte Schwimmer. In der Regel ältere Männer, die mit voller Wucht aufs Wasser schlagen und so große Wellen machen, als wären sie aus Blei und kaum hörten sie mit ihrem Kampf auf, würden sie wie ein Stein untergehen. Bei uns hieß das früher »laut schwimmen«.

Viele Russen sind gerne laut geschwommen. Ich hatte als Kind immer Angst, solchen Schwimmern unter die Flossen zu kommen. Seit sie aber Putin regelmäßig im Fernsehen schwimmen sehen, haben sie vielleicht die richtige Technik gelernt. Putin schwimmt nämlich sehr schnell und fast geräuschlos wie ein Fisch.

In Berlin halten die meisten Schwimmer ihre Augen auf. Sie wissen, dass sie nicht allein auf der Welt sind. Zweimal die Woche, montags und donnerstags, gehe ich mit meiner Mutter schwimmen. Wir haben zwei große Bäder in der Nähe. Das eine ist alt und schön, es hat eine Glaskuppel, und wenn man auf dem Rücken schwimmt, kann man den Himmel sehen. Die Wolken schwimmen an einem vorbei, und keine gleicht der anderen. Manche sehen wie Hunde, manche wie Katzen aus. Der einzige Nachteil ist: In dem alten Bad gibt es zu wenig Wasser. Das liegt an seiner grenzenlosen Kinderfreundlichkeit. Auf der einen Seite tief, reicht einem das Wasser auf der anderen Seite nicht einmal bis zum Knie, damit auch die kleinsten Babys ohne Angst darin plätschern können. Man muss aufpassen, dass man beim Schwimmen nicht am Boden aufkommt.

Das andere Bad, das wir besuchen, ist tief und modern ausgestattet. Dort finden wichtige Schwimmwettbewerbe statt. Erstaunlicherweise gehen die kleinen Kinder am liebsten in dieses tiefe Bad, statt im kinderfreundlichen denkmalgeschützten daneben zu planschen. Sie springen schreiend ins bodenlose Becken und bringen alte Menschen vom nachdenklichen, ruhigen Schwimmen ab. Wir entscheiden uns mal für das Bad mit wenig Wasser, mal für das Bad mit viel Mensch.

Meine Mutter schafft locker dreihundert Meter in einer halben Stunde. Kein schlechtes Ergebnis für ihr Alter. Dabei beschwert sie sich immer, dass sie viel zu langsam schwimmt. Obwohl sie ständig Arme und Beine bewegt, kommt sie kaum voran. Andere Schwimmer um sie herum machen viel weniger Bewegungen, fast regungslos gleiten sie durchs Wasser und überholen meine Mutter ohne jede Anstrengung, als hätten sie einen Elektromotor in der Badehose.

Einmal hat meine Mutter versucht, einen auf dem Rücken im Wasser liegenden Mann zu überholen. Sie wurde trotzdem nur Zweite, obwohl der Mann sich nur von den kleinen Schwimmbadwellen treiben ließ. Seitdem zweifelt meine Mutter an ihrer Technik. Sie will es richtig lernen. Mir vertraut sie nicht, ich bin in ihren Augen keine ausreichende Schwimmautorität, aber im russischen Fernsehen sah sie zu, wie Putin schwamm. Diese Sendung hat sie sogar aufgenommen und dann versucht, den

russischen Präsidenten beim Schwimmen nachzu-
machen – ohne Erfolg. Sie ist einmal durch ständiges Putin-Nachmachen sogar fast untergegangen.

Ich habe mir das Video auch angeschaut, aber
mir hat es Angst gemacht. Putin schwimmt nämlich ganz allein in einem riesigen Bad mit Glaskuppel. Und er schwimmt so schnell, als hätte er
einen Verfolgungswahn, als würde ihm die ganze
Welt im Nacken sitzen. Angeblich gab damals dieses Schwimmbad den Ausschlag, als er das Ange-
bot bekam, Präsident zu werden. Es hatte ihn am
meisten beeindruckt. Anders als seine demokra-
tisch gewählten Kollegen im Westen, die auf den
Rückhalt des Volkes angewiesen waren, war Putin
damals von der Familie des Vorgängers als Nachfolger ins Amt geschoben worden. Sein Vorgänger
hatte sich überarbeitet, er war alt und krank geworden. Seine Tochter, sein Fitnesstrainer und Tennis-
partner, seine Freunde und Verwandten, die in seiner Amtszeit ein aktives Geschäftsleben entwickelt
hatten, mussten sich über die Zeit danach Gedanken machen.

Auf der Suche nach einem passenden Nachfolger
zerstritt sich die Familie furchtbar. Jeder Kandi-

dat schien unvollkommen. Entweder war er zu gierig oder strebte nach zu viel Macht, oder er wollte die Geschichte des Landes zurückdrehen und das ganze Volk mit einer Zeitmaschine wieder in die untergegangene Sowjetunion schicken. Es gab auch welche, die sich als Neue Rechte oder Neue Linke positionierten und dem Land eine neue ideologische Montur verpassen wollten. Und es gab diesen Schwimmer, der einen verlässlichen, seriösen Eindruck machte, wenig sprach und oft lächelte. Er war aus dem Nichts mitten im Wahlkampf aufgetaucht und hatte seine Hilfe angeboten.

»Ich bin bloß Ihr Mittel zum Zweck, Ihr Fahrzeug, das Sie schneller ans Ziel bringt. Ich möchte gerne helfen«, sagte er sinngemäß.

Wenn aber die Menschen, denen er half, trotzdem scheiterten, lächelte er verständnisvoll, als hätte er es von Anfang an gewusst. Als hätte er schon immer gewusst, dass alle Menschen schwach und zappelig waren. Egal was sie vorhatten, sie irrten sich immer, denn sie wussten nicht, was sie taten. Und solange ihre Träume nur Träume blieben, lebten sie im glücklichen Zustand der Ahnungslosigkeit über die wahren Gründe und Konsequenzen ihres Tuns. Bis jemand kam und ihnen half, diese Träume zu verwirklichen. Dann staunten sie.

Dem alten Präsidenten ging es jeden Tag schlechter. Er fühlte sich von Feinden umzingelt, und hinter jeder Ecke standen seine Gegner und rieben sich die Hände. Der bevorstehende Wahlkampf drohte sich in eine Schlacht zu verwandeln, die Familie geriet schier in Panik. Von heute aus ist es beinahe unmöglich festzustellen, wer als Erster den Schwimmer als Nachfolger vorschlug. Er sollte der Mann sein, der für Stabilität und Ordnung sorgte. Wie sein Vorgänger – nur besser.

»Wie unterscheidet sich der neue Präsident von seinem Vorgänger?«, fragten die westlichen Journalisten den Pressesprecher.

Der hob die Schulter hoch. »Der alte mochte Katzen, der neue steht mehr auf Hunde«, sagte er.

Wie böse Zungen behaupten, wollte Putin die Ehre zunächst gar nicht annehmen. Er fragte drei Mal nach:

»Sind Sie sicher, dass Sie mich und keinen anderen als Präsidenten sehen wollen?«

»Ja, genau dich wollen wir«, sagte die Familie.

»Dich und niemand anderen. Du bist ein Traum-
präsident, du kannst uns helfen.«

Ab sofort durfte er allein in dem nagelneuen Bad
schwimmen, das extra für den Präsidenten von
einer deutschen Firma gebaut worden war, praktisch, quadratisch, gut. Er schätzte deutsche Qua-
litätsarbeit über alles. Diese deutschen Badbauer
waren in seinen Augen vielleicht überhaupt die Einzigen, die wussten, was sie taten. Das Bad war mit
Bewegungsmeldern ausgestattet, ferner mit Sensoren, die die gewünschte Wassertemperatur stabil
hielten. Außerdem gab es Videoüberwachung, damit die Wachmänner wussten, dass beim Chef im
Wasser alles in Ordnung war. Und das Beste zuletzt: In die Wände des Schwimmbads waren große
Bildschirme eingebaut, sodass man während des
Schwimmens fernsehen konnte. Auf der einen
Seite lief das erste Programm, auf der anderen das
zweite. Im Fernsehen wurde der Nachfolger dem
Volk vorgestellt. Unter anderem wurde gezeigt, wie
er schwamm. Mit Kappe und Brille von links nach
rechts, einatmen, ausatmen.

Der sportliche Neue kam gut an. Der alte Präsident trank in der letzten Zeit zu viel, und wenn

er trank, benahm er sich unanständig. Er sang mit falscher Stimme Volkslieder auf der Bühne und klopfte dem chinesischen Premier dermaßen stark auf die Schulter, dass er von der Treppe fiel. In Amerika tanzte er dort, wo niemand außer ihm tanzte. Bei mehreren Auslandsreisen blieb er nach der Landung einfach in seinem Präsidentenflugzeug sitzen und kam nicht heraus. Bei seinem Besuch in Deutschland riss er einem Dirigenten vor den Augen des Orchesters den Stock aus der Hand und wedelte selbst damit herum. In Russland schämten sich viele für ihn. Deswegen kam der Schwimmer gut an. Auch seine Worte gefielen.

»Ich möchte dafür sorgen, dass Ihre Träume wahr werden. Ich bin nur Mittel zum Zweck, das Land und seine Bürger reicher und glücklicher zu machen ...«

Der Präsident schwamm wie ein Delphin. Er zeigte seinen sehr robusten Rücken. Auf diesem Rücken können wir lange reiten, dachten viele.

Mit der Zeit merkten die Menschen in seiner Umgebung allerdings, dass er keine glückliche Hand hatte, ob bei Geschäften oder in der Politik. Jedes Mal verfehlte er sein Ziel. Dabei hat er die anderen nie zu etwas gezwungen, er nickte nur und lächelte milde. Im kleinen Kreis äußerte er sich gerne philosophisch: »Meine Macht ist dafür da, euch machen zu lassen, was ihr glaubt, schon immer gewollt zu haben.«

»Schau, unser Schwimmer glaubt anscheinend, er sei Mephisto«, witzelte der Verteidigungsminister. Er wurde wenig später wegen eines blöden Fehlers entlassen und verschwand im Ausland.

Alles im Land ging schief. Die Reichen verloren ihr Geld, die Beamten verloren ihren Status, Ehen zerbrachen, Kinder verließen ihre Eltern, die Familie des Vorgängers konnte sich nicht über Wasser halten, und so mancher alte Freund von ihm musste das Land verlassen. Andere landeten im Knast, ertranken in der Badewanne oder brachten sich um. Die alten Bürokraten versuchten zu erraten, was der Schwimmer wirklich vorhatte. Sie wollten ihm in seinem Plan zuvorkommen, wetteiferten um konservative Gesetze und brachten Hunderte neue Verbote durchs Parlament, um dem Schwimmer zu gefallen. Alles wurde verboten, sogar das Trampeln von Katzen wurde als Ruhestörung eingestuft und mit hohen Strafen belegt, obwohl die ganze Welt wusste: Katzen trampeln nicht. Und wenn sie es doch taten, dann war es ihnen scheißegal, ob es verboten war oder nicht.

Niemand verstand so richtig, was der Neue wirklich wollte. Omas strickten kleine Söckchen für die Katzen, der Schwimmer lächelte und schwieg. Die Generäle schlugen dem Schwimmer einen erfolgreichen kleinen Krieg vor. Er hatte nichts dagegen. Die Ideologen eines neuen Russlands, die Linken wie die Rechten, fuhren in die Ostukraine in der Hoffnung, dort auf fremdem Territorium ihren Lebenstraum vom gerechten Staat zu verwirklichen. Sie wurden alle erschossen und kamen als Leichen zurück oder werden bis heute vermisst. Offiziell führte Russland keinen Krieg. Auf die Frage, wo denn die Leichen herkämen, verneinte der Schwimmer deren Existenz.

»Ich bin nicht der Hirte jedes Bürgers in diesem großen Land«, sagte er.

Die Nationalisten und die Kosaken, die Patrioten und Liberalen, alle versuchten zu erraten, was im Kopf des Schwimmers vorging, was er wollte. Und wieso er kaum aus dem Wasser kam. Die einen dachten, sein Traum seien vielleicht die Reichtümer des Landes, und alle von ihm gezüchteten Superreichen würde er bloß als eigene Hosentaschen betrachten, um sein Gold zu horten. In Wahrheit träume er davon, dieses Geld irgendwann in großen Mengen auszugeben wie ein richtiger Lebemann. Und schwimmen würde er nur fürs Fernsehen, als wirksames Propagandasymbol, damit alle wussten: Solange er schwamm, ging auch Russland nicht unter. Die anderen vermuteten, er sei in Wahrheit ein Frauenheld. Er wolle mit seinem Rücken beeindrucken, deswegen schwimme er so viel.

Doch weder seine Gegner noch seine Fans konnten in den Kopf des Schwimmers schauen. Sie konnten mit ihm auch nicht reden, denn er sagte immer dasselbe.

»Ich helfe euch gern. Ich bin nur ein Mittel zum Zweck, damit eure Träume Realität werden.«

Ein Freund, der in Moskau bei der Antifa aktiv ist, erzählte mir, dass es seit diesem blöden Krieg in der Ostukraine so gut wie keine Nazis mehr in Moskau gäbe. Früher wusste er genau, in welchen dunklen Ecken sie steckten. Jahrzehntelang hatten Neonazis ihre kleinen Keller auf der Schattenseite

des Lebens, druckten ihre Nazizeitung und de-
monstrierten eher selten am Rande der Stadt unter
der Parole »Russland den Russen«. Auch sie fühlten sich von Putin seltsamerweise zu mehr ermu-
tigt. Sie bekamen sogar Waffen und Uniformen
und durften in der Ostukraine für ein »Neuruss-
land« kämpfen. Viele blieben für immer dort, andere gelten als verschollen.

Dasselbe sei mit den Linken passiert, mit der
»Roten Garde«, einer radikalen Jugendorganisa-
tion, die von einer neuen Revolution träumte. Auch
sie durften einmal in der Ostukraine kämpfen und
kamen in Säcken zurück. Ihre Anführer landeten
im Knast.

Die Neoliberalen, die den russischen Kapitalismus für nicht kapitalistisch genug hielten, bekamen
ebenfalls ihre Chance. Sie durften auf einmal mit-
regieren und scheiterten kläglich. Einige landeten
im Knast, andere im westlichen Ausland.

»Er ist der Beschleuniger des Bösen«, sagte mein
Freund von der Antifa über den Schwimmer.

»Er ist ein Anti-Midas«, sagte ein anderer. »Alles,
was er anfasst, wird zu Scheiße. Er ist ein einsamer
Zyniker, der Menschen nicht mag.«

»Alle, die er kannte, waren schwach, ängstlich und verlogen«, vermutete meine Frau.

Es gehört nicht zu seinem Aufgabenbereich, Menschen zu lieben. Das sollen Mütter tun, Eheberater, Kirchenchöre. Er aber verachtet sie für ihre Schwächen, dafür, dass sie nichts können. Die meisten können nicht einmal schwimmen!

Inzwischen haben sogar die dümmsten Träumer verstanden, dass mit dem Schwimmer etwas nicht stimmt. Dass es ein Fehler war, diesen Mephisto ohne Zauberkräfte zum Präsidenten zu machen. Sie kriegen ihn aber aus dem Schwimmbad nicht mehr heraus. Er ist sehr auf seine Sicherheit bedacht und tauscht regelmäßig die Wachmänner aus, denn auf niemand ist Verlass. Er überprüft selbst die Technik, die Videoüberwachung, die Bewegungsmelder und Sensoren. Der einzige Weg zum Herzen des Präsidenten ist das Fernsehen, das er unter Wasser kuckt.

Manchmal denke ich, all die schrecklichen Bilder, die die russischen Programme ausstrahlen, werden nur für ihn gezeigt. Der Bruderkrieg in der Ukraine, Generäle, die ihre gefallenen Soldaten namenlos und geheim vergraben lassen, kranke

Kinder ohne Eltern, die von Nichtrussen nicht adoptiert werden dürfen, Rentner, die verhungern, Polizisten, die Lebensmittel verbrennen, verurteilte Diebe, die aus dem Knast verschwinden... Das Land von der Welt isoliert und von der korrupten Führung völlig verdorben.

In der letzten Zeit schwimmt er viel auf dem Rücken. Er hat keine Lust mehr auf das Fernsehprogramm. Rückenschwimmen ist überhaupt die gesündeste Schwimmart. Man kann die Schwimmbrille absetzen und durch das gläserne Dach die Wolken sehen. Sie fliegen langsam vorbei, glatte, akkurat geschnittene Wolken. Praktisch, quadratisch, gut.

## Sich über Politik ärgern

Wenn die Nachbarn an der Wohnungstür meiner Mutter vorbeigehen, müssen sie denken, sie habe ständig Besuch aus der Heimat. Laute russische Stimmen lachen, schreien und streiten hinter der Tür. Doch niemand aus dem Haus hat diesen Besuch jemals zu Gesicht bekommen. Meine Mutter hat bloß Angst vor der Stille, und weil sie nicht gut hört, läuft bei ihr den ganzen Tag über das russische Fernsehprogramm.

Nachts, wenn sie schlafen geht, schaltet sich das Gerät, ein modernes Wunder der Technik, von allein ab, um pünktlich zum Frühstück wieder anzufangen, das Leben zu imitieren. Nur ganz wenige Sendungen schaut meine Mutter wirklich an, weil die Menschen im Fernsehen eben sehr schnell reden. Sie sind alle viel jünger als sie, und meine Mutter kann weder ihre Probleme nachvollziehen noch ihre Sorgen teilen. Doch den »Direkten Draht« des russischen Präsidenten hat sie sich angeschaut, die ganzen vier Stunden lang. In erster Linie tat sie es wegen der Laufzeile, die das wirkliche Highlight der Sendung war. Meine Mutter amüsierte sich sehr über diese Laufzeile, sie wollte sogar selbst dem Präsidenten eine freche SMS schreiben, als ich sie bei dieser Beschäftigung erwischte. Die Sendung selbst war langweilig. Man sah Putin, aber den sieht man auch so jeden Tag und auf allen Kanälen. Diesmal tat er, als würde er mit dem Volk reden wie jedes Jahr. Und je mehr Antworten er gab, umso mehr Fragen wurden ihm gestellt.

Diesmal habe der Präsident drei Millionen Fragen bekommen, verkündeten die Moderatoren stolz. Manche Fragen waren per Videobotschaft gekommen, manche per Post, per SMS oder durch irgendeine Direktübertragung aus dem riesigen Land.

Der Präsident redete wie ein Automat. Er konnte inzwischen jede Frage beantworten, er war ein professioneller Fragenbeantworter geworden, zumal seine Antworten nie geprüft wurden. Und nachzufragen, wie genau er etwas meinte, galt als schlechtes Benehmen. Außerdem wussten alle längst, dass er nie die Wahrheit sagte, wie es sich für einen starken Politiker gehörte. Er hat einmal auf die Frage, wieso er Unwahrheiten verbreite, geantwortet, dies sei ein legitimes politisches Mittel. Diejenigen, die im Westen das Sagen hätten, logen doch auch. Doch anders als ihm fehle ihnen der Mut, es öffentlich zuzugeben.

»Geehrter Präsident, wie schaffen Sie es nur, ein solch großes Land dermaßen erfolgreich zu regieren?«, fragte ein neugieriger Volksvertreter.

Der Präsident wedelte ein wenig mit dem Arsch auf dem Stuhl, als wollte er den Volksvertreter erwürgen.

»Das ist eine sehr komplexe Frage«, begann er. »Natürlich erfordert eine solche Arbeit viel Energie und eine permanente Weiterbildung. Ich mache viel Sport, ich schwimme, ich lese viel.«

Unter ihm lief die ganze Zeit eine Laufzeile, bei der ganz offensichtlich das Zensurprogramm versagt hatte. Sie brachte die falschen Fragen auf den Schirm: »Putin, schick uns Geld, wir verhungern!«, stand da. »Das ganze Dorf ist abgebrannt, hör auf zu labern, komm hierher!« »Gib deinen Ministern was auf die Nase, sie sollen aufhören zu klauen und zu spinnen.«

Der Präsident, der viel las, konnte die Laufzeile nicht lesen. Also beschäftigte er sich mit den realen Sorgen und Nöten der Bürger, die seine Mitarbeiter für ihn aus drei Millionen Fragen ausgewählt hatten. Wie jedes Jahr beschwerte sich ein Kind über die kaputte Schaukel auf seinem Hof. Auch eine Frau mit beleidigter Stimme kam durch:

»Mein Mann verbietet mir, einen Hund zu kaufen. Er sagt, wir brauchen keinen. Dabei bin ich doch längst erwachsen und kann selbst bestimmen, ob ich einen Hund brauche oder nicht. Sagen Sie ihm das!«

Der Präsident riet dem Mann zu dem Hund.

»Wann gehst du endlich in die Rente, du Hund! Wir haben keine Kraft mehr, dir zuzuschauen«, wütete die Laufzeile weiter.

Der Präsident langweilte sich ein wenig. Er konnte die unterhaltsame Zeile ja nicht sehen. Er redete über unsere »westlichen Partner«, die uns nicht verstehen wollten, über »ehemalige Freunde«, die sich vor uns versteckten, über politische Morde in der Ukraine, die nicht aufgeklärt wurden, als wäre in seinem Land jemals ein politischer Mord bis zum Ende aufgeklärt worden. Der Präsident schwebte zwischen den Zeiten. Manchmal ging er in die Vergangenheit zurück, manchmal bremste er oder war der Zeit voraus und redete offensichtlich von Ereignissen, die noch nicht stattgefunden hatten, als wären sie schon passiert.

Das erinnerte mich an den alten sowjetischen Witz, wie Andropow, damals Staatssicherheitschef, einmal sagte: »Sollte ich jemals Generalsekretär werden, möchte ich als Erstes diese verfluchten Zeitzonen abschaffen.«

»Wieso denn die Zeitzonen?«, fragten seine Mitarbeiter.

»Sie bringen mich stets durcheinander«, beschwerte sich Andropow: »Ich rufe bei chinesischen Freunden an, um Deng Xiaoping zu seiner Wiederwahl zu gratulieren, und er sagt, die Feier sei gestern gewesen. Ich rufe im Vatikan an, um mein Beileid wegen des Attentats auf Papst Johannes Paul II. zu äußern, und sie wundern sich: Was für ein Attentat?«

## Halloween feiern

Am schönsten sind die Menschen, wenn sie feiern.
Allerdings sollten ihre Feste von Herzen kommen,
aus guter Laune heraus und nicht bloß, weil der
Tag im Kalender rot angestrichen war. In meiner
alten Heimat wollte der Staat allein bestimmen,
wann seine Bürger zu arbeiten und wann sie zu
feiern hatten. Alle roten Daten in unserem Kalender waren staatliche Pflichtfeste, und niemand
hatte Lust, sie zu feiern. Mit Ausnahme von ein
paar steinzeitlichen Kommunisten in Rente, die
wie durch ein Wunder den Stalin-Terror überlebt
hatten, kam niemand auf die Idee, zum Tag der
Großen Oktoberrevolution, zu Lenins Geburtstag oder gar zum Tag der Staatssicherheit Gäste
einzuladen. Weil sich aber niemand mit dem Staat
anlegen wollte, führten die Bürger ein Doppel-
leben. An den Feiertagen mimten sie Feierlaune,

an den Arbeitstagen taten sie so, als würden sie arbeiten.

Jeder neue Machthaber versuchte mit neuen festgelegten Feiertagen die Laune des Volkes zu heben. Nach dem Regimewechsel in den Neunzigerjahren wurden ebenfalls viele neue Feste angeordnet. So wurde zum Beispiel alternativ zum Tag der Großen Revolution am siebten November nun der vierte November, der sogenannte Tag der russischen Unabhängigkeit, als noch größerer Nationalfeiertag eingeführt, obwohl nie eindeutig erklärt wurde, von wem genau Russland an diesem Tag unabhängig geworden war – von Dschingis Khan, von Amerika oder vom Rest der Welt. Auch die neuen, vom Staat gepflegten Kalenderfeste wurden von der Bevölkerung konsequent ignoriert, verschmäht und verachtet. Nur ein Fest aus der Neuzeit hat die Herzen der Russen sofort erobert und sogar den Internationalen Frauentag sowie den Tag der Sowjetischen Armee und der Flotte, der seit ewigen Zeiten als Ersatz für den Männertag diente, in den Schatten gestellt: das kapitalistische Volksfest Halloween.

Inzwischen weiß niemand mehr genau, wie dieses Volksfest mit Kürbisgeschmack Russland überhaupt erreichen konnte, ob es die russischen Touristen oder amerikanische Fernsehserien waren, die das Halloween-Fest auf russischen Boden verpflanzten. Auf jeden Fall fanden erstaunlich viele meiner Landsleute es äußerst amüsant, in gruseligen Kostümen und maskiert bei den Nachbarn anzuklopfen und Alkohol oder Kleingeld zu verlangen. Ich habe vergessen zu erwähnen, dass in Russland Halloween kein Kinderfest ist. Es ist wie alle anderen russischen Volksfeste erst ab 18, und statt Süßem ist Hochprozentiges gefragt. Dabei kommt es nicht selten zu Unfällen und Schlägereien.

Ein romantischer Franzose sagte einmal, die Sorgen der Menschen seien eine konstante Größe: Kaum höre einer auf, sich Sorgen zu machen, finge sofort ein anderer damit an. So ist es auch bei Halloween. Weil die Grenze zwischen leichtsinnigem Spaß und einem maskierten Raubüberfall sehr dünn ist, kann das Fest des einen schnell zur Sorge des anderen werden. Im nordkaukasischen Dorf meiner Schwiegermutter wurde beim letzten Halloween der Imker Yuri Alexandrowitsch beinahe von seiner eigenen Ehefrau k.o. gehauen. Yuri Alexandrowitsch hatte die harmlose Idee gehabt, sich als Biene zu verkleiden und seine Frau am Halloween-tag damit zu überraschen. Mit seinem hübschen Bauch und dem schicken Schnurrbart brauchte der Imker sich eigentlich gar nicht zu verkleiden, auch ohne Kostüm sah er aus wie der Papa der Biene Maja. Er wollte aber eine größere Ähnlichkeit er-reichen, bastelte sich zu diesem Zweck aus einer alten Decke ein gestreiftes Bienenkostüm und be-festigte kleine Flügelchen an den Seiten.

Als seine Frau Tamara abends von der Arbeit nach Hause kam, summte er aus der Dunkelheit auf sie zu. Tamara war aber nicht von der schwa-chen Sorte, sie wusste, wie der Stahl gehärtet wird. Anstatt sich zu fürchten, machte sie einen Schritt zur Seite und haute Yuri Alexandrowitsch mit ihrem Schlüsselbund auf den Bienenkopf, gleich-zeitig gab sie ihm einen Tritt in den Bienenhintern. Das alte Insekt ging zu Boden und hatte einen kur-zen Blackout.

In unserem Haus in Berlin wird Halloween ebenfalls heftig von den Erwachsenen gefeiert. Bereits einen Monat vorher stellen die Nachbarn geschnitzte Kürbisse auf den Hof, die wie frisch abgehackte Menschenköpfe an den Pfeilern hängen – aber dabei lachen. Nachts torkeln betrunkene türkische Kinder von Tür zu Tür und verlangen grinsend nach Süßem. Manche von diesen Kindern haben bereits Schnurrbärte.

Meine Mutter hat Angst vor dem kapitalistischen Fest Halloween. Sie weiß nicht mit fremden Menschen umzugehen, schon gar nicht, wenn diese Menschen bärtige Kinder sind.

»Schon wieder werde ich mit diesem grausamen Fest alleingelassen, wie jedes Jahr muss ich es ohne eure Hilfe ausbaden«, schimpfte sie. »Letztes Jahr haben freche Unbekannte die ganze Nacht bei mir geklingelt, und ihr wart auch damals schon nicht da gewesen. Ihr seid nie da, wenn man euch braucht«, beschwerte sich meine Mutter.

»Mach dir keine Sorgen, Mama«, sagte ich. »Kauf einfach ein paar Kilo Lutscher bei Lidl und häng die Tüte an deine Haustür, dann wirst du nicht mehr belästigt.«

So glaubte ich jedenfalls.

»Es wird kein Problem sein, dass wir nicht da sind. Wir können ja jederzeit mit dir skypen«, versuchte ich sie zu beruhigen.

Seit ich meiner Mutter dieses Computerprogramm installiert hatte, konnte sie mich überall auf der Welt erreichen. Sie sieht sofort, wenn ich online bin, und ruft an. Ich bin oft online, also hat meine Mutter jetzt immer ein Auge auf mich. Manchmal weiß sie besser als ich Bescheid, wo ich gerade bin und wo ich demnächst hinfahre. So konnten wir auch vom Atlantischen Ozean aus in der Halloweennacht mit meiner Mutter in Kontakt bleiben.

Uns hat dieses Volksfest nämlich an dem denkbar ungeeignetsten Ort erwischt: in einer archaischen Gesellschaft, auf einem Kreuzfahrtschiff unterwegs von Barcelona nach Miami. Ein deutsches Reisebüro aus Hannover hatte mich für vier Lesungen an Bord dieses Schiffes engagiert. Ich sollte einer deutschen Reisegruppe von meinem Leben im Schrebergarten, in Russland, in Berlin und sonst wo erzählen und sie auf der langen Fahrt literarisch begleiten. Ich hatte leichtsinnigerweise zugesagt, ich war nämlich noch nie in Miami gewesen. Woran ich nicht gedacht hatte, war, dass die deutsche Gruppe nicht allein auf Reisen ging. Im Gegenteil bildete sie eine verschwindend kleine Minderheit auf dem riesengroßen Kreuzfahrtschiff.

Neben siebenhundert Deutschen, einem Dutzend Chinesen und einigen zerquetschten Franzosen fuhren sechstausend Amerikaner nach Miami. Sie lebten ihren täglichen Dream of Life sehr intensiv, schrill und laut auf allen siebzehn Stockwerken des Schiffes gleichzeitig aus.

Die großen Seemänner Magellan oder Kolumbus hätten bestimmt komisch aus der Wäsche gekuckt, wenn sie unserem Schiff begegnet wären, dieser schwimmenden Shoppingmall mit eingebautem Casino, in dem alle Passagiere in fröhlicher Geschäftigkeit immer verschwitzt und besorgt unterwegs waren, als befürchteten sie, zum Rendezvous mit dem eigenen Glück zu spät zu kommen. In der Regel ging es allerdings nur darum, sich einen Platz im Whirlpool zu sichern. Vielleicht hätten Magellan und Kolumbus sich aber auch auf die Sonderangebote auf unserem Schiff gefreut. Die Uhren und Damentaschen wurden jeden Tag billiger. Bereits am dritten Tag unserer Reise trugen die meisten Frauen mindestens drei Taschen. Auch einige Männer trugen Damentaschen, und fast alle hatten mehrere Uhren am Handgelenk, die sie ständig verglichen. Eigentlich brauchten wir nicht extra noch Halloween, um die Grausamkeit der Realität zu erkennen.

Die Amerikaner tickten mit allen ihren Armband-uhren ganz anders als die Europäer. Ihre kindische, naive Art, den Kapitalismus überall und immer aufs Heftigste zu betreiben, machte mich sprachlos. Gleich am ersten Abend im Restaurant, als ich mir ein Glas Wein bestellen wollte, bot mir der Kellner sofort an, ihm gleich zehn Flaschen davon abzu-nehmen – mit 20% Rabatt. Er nahm meine Ser-viette vom Tisch und rechnete darauf aus, wie viel reinen Gewinn ich bei dem Deal machen würde. Nach diesem Gespräch traute ich mich nicht mehr, bei demselben Kellner ein Steak zu bestellen. Ich befürchtete, er würde mir gleich eine ganze Kuh zum halben Preis auf den Schoß setzen.

Auf diesem Narrenschiff feierten wir kurz vor Florida dennoch das kapitalistische Volksfest Halloween nach Kräften mit. Es begann natürlich mit einem großen Halloweenkostüm-Ausverkauf. Die kosmetischen Abteilungen des Schiffes be-schmierten ihre Kunden mit künstlichem Blut und malten ihnen Spinnennetze ins Gesicht. Im Kasino zockten Zombies am Black-Jack-Tisch, viele Roll-

stuhlfahrer waren ganz in Weiß als Geister verklei-
det, und der Kapitän gab sich auf einer echten
Harley-Davidson als Pirat aus. Mit dem Motorrad
fuhr er fünf Stockwerke herauf. Erwachsene Leute
amüsierten sich wie Kinder, sprangen einem aus
dem Fahrstuhl entgegen und schrien: »Fürchte
dich!«

Ein österreichischer Tierarzt, mit dem wir immer
wieder einmal an der Bar bei einem Rotwein über
die Amerikaner lästerten, hatte eine eigene These,
warum die Grausamkeit des Festes den Amerikanern so gelegen kam. Die Geschichte ihres Landes
habe mit einem Völkermord begonnen, meinte der
Veterinär. Das sitze im Unterbewusstsein fest, deswegen wollten die Amerikaner in vielen Monster-
märchen, Horrorfilmen und Songs das Böse ver-
harmlosen. Auch bei Halloween würden sie die
Angst in Spaß zu verwandeln suchen.

Ich fand seine Erklärung zu umständlich. Eigentlich waren sie nur Leute, die nicht erwachsen
werden wollten. Ein wenig wie die Deutschen mit
ihrem Karneval, nur ohne die ganzen Vereine und
Verbände. In Deutschland hat sich der Karneval zu
einer großen Bürokratie ausgewachsen, der Spaß

wird dort das ganze Jahr über sehr ernst vorberei-
tet. Halloween läuft viel anarchischer ab.

Meine Mutter war um Mitternacht online und
klang äußerst amüsiert. Sie habe beschlossen, den
Drang nach Süßigkeiten in der Halloweennacht zu
nutzen, um ihre ganzen Vorräte von russisch-sow-
jetischem Konfekt, das sich über Jahre bei ihr im
Küchenschrank angesammelt hatte, auf einmal
loszuwerden. Jedes Jahr bekommt meine Mutter
nämlich Besuch aus Russland: entweder von ihrer
Schwester oder von einer alten Freundin oder von
den inzwischen ebenfalls alt gewordenen Kindern
von alten Freunden. Sie bringen immer russisches
Konfekt mit. Das Schönste an russischem Konfekt
ist seine Verpackung. Die großen Bilder zeigen auf
Eis sitzende weiße Bären, lachende Hunde, die ins
All fliegen, übertrieben schielende Eichhörnchen,
Igel mit großen roten Augen, Kamele und Pyra-
miden etc. Auf manchem Konfekt ist ein ganzer
Zoo abgebildet. Diese Tiere, die sicher nichts mit
dem Inhalt der Packung zu tun haben, machen das
russische Konfekt geheimnisvoll. Es steht nämlich
nicht auf der Packung, was in den Süßigkeiten drin
ist. In der Regel tragen sie obendrein Kunstnamen,

die ebenfalls nichts über ihren Inhalt verraten. Sie heißen »Eichhörnchen«, »Einfall«, »Überraschung« oder so ähnlich. Was drin ist, kann man nur durch Hineinbeißen herausfinden, doch dann kommt die Erkenntnis zu spät.

Meine Kinder haben das russische Konfekt nach ein paar großen Enttäuschungen aufgegeben. Es stapelt sich seither im Schrank meiner Mutter. Nun hatte sie den genialen Einfall, die ganzen russischen Eichhörnchen an schnurrbärtige Kinder zu verfüttern. Das passte gut zu Halloween. Als es klingelte, machte meine Mutter die Tür auf und hielt einen Korb mit »Bärchen im Norden« und »Eichhörnchen« vor sich. Vier Weddinger Kinder schauten ohne Begeisterung auf die angebotene Ware. Sie sagten irgendetwas Abwertendes auf Türkisch und gingen wieder, ohne eine der Süßigkeiten einzustecken.

Die Bärchen und Eichhörnchen lächelten ihnen gruselig hinterher.

## Kehrwochen ablehnen

Lange Zeit war die Wohnung gegenüber leer gestanden: zweieinhalb Zimmer, Hinterhof, zweiter
Stock. Sie passte nicht in das Schema unseres Bezirks. Für eine Familie war die Wohnung zu klein,
für alleinsingende Spaßvögel wiederum zu groß,
für Sonnenliebhaber zu dunkel, für die Adepten
der Dunkelheit war sie umgekehrt nicht dunkel genug. Es wäre vielleicht eine ideale Bleibe für eine
alleinerziehende Mutter mit einem großen Kind
oder Hund gewesen. Eine solche Mutter fand sich
jedoch nicht. Uns tat dieser Leerstand leid. Häuser
ohne Menschen sehen verloren aus.

Eines Tages füllte sich die Wohnung jedoch
mit Leben. Umzugskartons standen im Hof, eine
junge Familie aus Süddeutschland zog ein. Bevor
sie die Wohnung bezogen, hatten sie bereits einen
Zettel im Hausflur auf das Anzeigenbrett geklebt:

Es könnte wegen des Umzugs zu Lärmbelästigung kommen. Am nächsten Tag kam noch ein lustig bemalter Begrüßungszettel dazu. Das war eine launige Abwechslung für das Anzeigenbrett, an dem sonst nur die Notrufnummern von Feuerwehr, Gasdienst und Polizei hingen. Zwar klebte auch eine Vermisstenanzeige mit dem Foto eines dicken schwarzen Katers mit weißen Pfoten drauf. Die hing aber schon so lange, dass niemand mehr wusste, wem dieser Kater jemals gehört hatte.

Am dritten Tag meldeten sich die Neuankömmlinge erneut, sie wandten sich an alle Einwohner des Hauses mit mehreren Vorschlägen, wie wir das Leben in unserer Hausgemeinschaft noch besser organisieren könnten. Als wäre es nicht ohnehin schon zu gut organisiert.

Die Neuen waren im Haus überpräsent. Sie verbrachten viel Zeit auf dem Hof und sahen beispielsweise ständig in den Mülleimern nach, wer was wohin weggeschmissen hatte. Meine Mutter erwischten sie, als sie leere Kartons in die gelbe Tonne für leichte Verpackungen steckte. Meiner Mutter war die Bezeichnung »leichte Verpackungen« für diese Kartons passend erschienen –

sie waren leicht und dienten als Verpackung. Für meine neuen Nachbarn sahen die Dinge jedoch offensichtlich anders aus.

»Wir wissen ja, dass Sie, Frau Kaminer, aus einem anderen Kulturkreis kommen, in dem Mülltrennung keine solche Selbstverständlichkeit ist wie bei uns. Wir sind mit ihr aufgewachsen, sie gehört zu unseren Grundwerten«, meinten sie.

Ihr Drang, das Leben zu organisieren, hörte nicht mehr auf. Sehr bald kam eine Einladung zu einer Diskussion über den Ordnungszustand auf dem Hof. Wir sahen keinen Anlass, dieser Einladung zu folgen. Die anderen Hausbewohner nahmen jedoch an der Versammlung teil. Die Neuhinzugezogenen äußerten ihre Unzufriedenheit mit der Reinigungsfirma, die unseren Hof fegte und die Treppen sauber hielt. Diese gekauften Reinigungskräfte würden nach ihrer eigenen Methode arbeiten und den Dreck oft einfach liegen lassen, wenn ihre Arbeitszeit zu Ende sei, meinten unsere Nachbarn. In einer revolutionären Aufbruchsstimmung beschloss die Hausversammlung, der Reinigungsfirma zu kündigen und das Saubermachen künftig selbst zu erledigen. Die Neuen arbeiteten sofort einen Plan dafür aus: eine Tabelle, wer wann für welche Treppe zuständig war usw. Außerdem sollten mehrere Beete im Hof angelegt, der Mülltonnenplatz neu überdacht und eine Kinderspielecke eingerichtet werden.

Das Anzeigenbrett quoll schon bald von Papier über. Es musste ein größeres Brett angeschafft werden, um Platz für neue Initiativen zu schaffen. Wir kamen uns wie Muffel und Spaßverderber vor und wunderten uns, dass unsere alten Nachbarn, die uns vorher nie durch besondere Lust an der Hausarbeit aufgefallen und auch keine Vorbilder in Sachen Mülltrennung waren, da sie oft weißes Glas nicht von grünem unterscheiden konnten, plötzlich einen solchen Enthusiasmus entwickelten. Anscheinend war der Drang, alles zu regeln, ansteckend.

Meine Mutter meinte, von unserem Kulturkreis ausgehend sei Saubermachen gut, aber nicht nach Tabellen, sondern nach Lust und Laune. Das konnten die Neuen nicht akzeptieren, denn ohne Tabelle ergab für sie das Saubermachen keinen Sinn. Erstaunlicherweise erinnerten mich diese jungen Menschen an die sogenannten freiwilligen kollekti-

ven Arbeitseinsätze in meiner sozialistischen plan-
wirtschaftlichen Heimat, wo übrigens auch alles
in Tabellen und Formulare eingeteilt worden war.
Der damalige Versuch, das ganze Leben zu organisieren, ging bekanntlich fürchterlich in die Hosen.

Bei Gelegenheit erzählte meine Mutter ihrer
Freundin, der Musik-Oma, die ursprünglich aus
demselben Kulturkreis wie wir stammte und mit
einem Schwaben verheiratet war, von den Neue-
rungen in unserem Haus.

»Was wunderst du dich? Das sind die Kehr-
wochen, die ihr gerade durchmacht«, klärte sie die
Freundin auf, die früher lange bei Stuttgart gelebt hatte. »Deine neuen Nachbarn sind bestimmt
aus Baden-Württemberg. Ich habe zehn Jahre
dort gelebt – eine schöne Zeit, eine endlose Kehr-
woche. Schon morgens um zehn vor acht schaute
die Nachbarin vom Balkon zu mir herunter: ›Frau
Privalow, Sie wissen schon, Sie müssen heute kehren!‹ Protestantenethik. Das hat ihnen Martin
Luther an die Türen geschrieben, dass sie kehren
müssen, statt sich von ihren Sünden freizukaufen
und auf das Himmelreich zu warten. Sie sollten
sich lieber hier auf Erden engagieren und zum Bei-

spiel einen Teil der Schöpfung sauber halten, ihr Haus, ihren Garten, ihre Straße. Die Tabelle ist also ein Glaubensbekenntnis, eine Art Fortsetzung des Religionsunterrichts.«

Diese Erklärung der Freundin brachte uns den inneren Frieden mit den neuen Nachbarn. Täglich standen nun Menschen vor dem Anzeigenbrett und lasen, was sie zu tun hatten. Ich blieb ebenfalls gelegentlich vor dem Brett stehen, um zu erfahren, was die Verrückten Neues planten. Das Anzeigenbrett wurde zu einem Augenmagnet. Einmal sah ich sogar den dicken schwarzen Kater mit weißen Pfoten vor dem Brett stehen. Seine Vermisstenanzeige war völlig überklebt. Er blickte mir entgegen, miaute und verschwand sofort wieder zwischen den Mülltonnen. Anscheinend gefiel es ihm gut, in dieser heilen neuen Welt vermisst zu werden.

## Gute Noten nach Hause bringen

Ich konnte es mir nicht verkneifen: Jedes Mal, wenn meine Mutter aus der Volkshochschule von ihrem Englischunterricht zurückkam, fragte ich sie: »How are you? Did you bring some good grades home from your school?«

Meine Mutter lachte darüber, stellte aber ihren Enkelkindern die gleiche Frage. Natürlich nicht, um sie zu ärgern, sondern nur, um in Kontakt mit der heranwachsenden Generation zu bleiben. Diese Generation ärgerte sich über solche Fragen ungemein und antwortete ausweichend auf Latein, damit die Oma nichts verstand. Irgendwann trieben die Enkelkinder meine Mutter damit ziemlich zur Verzweiflung. Sie bildete sich ein, sie würde nicht nur die Enkelkinder, sondern die ganze Welt schlecht verstehen.

»Ich glaube, ich bin taub geworden. Ich verstehe

höchstens jedes zweite Wort von dem, was die Kinder sagen«, beschwerte sie sich bei mir in der Küche.

Ich widersprach und gab den Kindern und ihrer mangelnden Kommunikationsbereitschaft die Schuld. Sie redeten zu schnell, verschluckten manche Wörter und brachten die Sätze nicht zu Ende. Deswegen waren sie schwer zu verstehen. Doch meine Mutter meinte, die russischen Nachrichtensprecher in ihrem Fernsehprogramm verstehe sie ebenfalls nicht. Auch das fand ich nicht schlimm. Die russischen Nachrichten waren schwer nachzuvollziehen, sie wurden selbst von den Nachrichtensprechern kaum verstanden. Ich konnte meine Mutter aber nicht überzeugen. Sie begab sich in ärztliche Behandlung, ging zum Ohrenarzt und ließ sich ein Hörgerät verschreiben.

Das Ergebnis war so lala. Vieles hörte sie deutlicher und besser als vorher. Aber nicht unbedingt das, was sie hören wollte. Wenn sie zum Beispiel mit ihrem Frühstück oder mit Kaffee und Kuchen vor dem Fernseher saß, hörte sie sich selbst laut kauen, die Nachrichten verstand sie aber trotzdem nicht. Die Welt füllte sich täglich mit neuen Geräuschen.

Meine Mutter hörte auf einmal klar und deutlich, wie ihre Pantoffeln auf dem Fußboden schlurften. Sie hörte, wie die Nachbarn die Klospülung bedienten, wie die Tauben auf dem Balkon gurrten und wie ihre Katze auf dem Küchenschrank herumtrampelte. Ihre Enkelkinder verstand sie weiterhin nicht. Dabei hätte meine Mutter damals ihrem Enkelkind Nicole liebend gerne bei den Hausaufgaben geholfen. In der 12. Klasse, im Rahmen der Vorbereitung zu ihrer Hochschulreife, hatte Nicole sehr komplizierte Aufgaben zu erledigen. Sie musste in Chemie und Physik aufwändige wissenschaftliche Aufsätze über Thermodynamik schreiben, dabei konnte ich ihr überhaupt nicht helfen. Meine Tochter bezweifelte sowieso, dass ich jemals zur Schule gegangen war. Zu groß waren die Lücken in der Allgemeinbildung, die sie bei mir entdeckte, und meine mangelnden Englischkenntnisse erschreckten sie. Sie wusste, auf mich war in Sachen Thermodynamik kein Verlass.

»Geh zur Oma«, empfahl ich ihr. »Frag sie! Deine Großmutter hat in der Sowjetunion Physik und Festigkeitslehre studiert! Und später sogar unterrichtet. Sie kennt sich mit dieser Materie gut aus.

Heute weiß kaum noch einer, was Festigkeitslehre überhaupt ist, aber deine Großmutter weiß es! Sie sagt es zwar ungern weiter, bei dir würde sie aber sicher eine Ausnahme machen.«

Trotz meiner Ratschläge ging Nicole nicht zu Oma, um sie über Thermodynamik auszufragen, stattdessen lachte sie mich an.

»Bedenke, Papa, wie viel Zeit seit Omas Studium vergangen ist. Wann hat sie denn Thermodynamik studiert? Vor hundert Jahren! Die Welt hat sich seitdem tausend Mal verändert, Omas Kenntnisse taugen nichts mehr«, behauptete meine Tochter.

»Mag sein, dass die Welt sich verändert hat«, sagte ich, »aber doch nicht die Thermodynamik!«

Auch die, nickte Nicole mit traurigem Blick, habe sich verändert. Alle physikalischen Gesetze würden heute bestimmt anders formuliert, als Oma sie kenne.

»Und überhaupt habt ihr in eurer Sowjetunion eine völlig unrealistische Lebensvorstellung bekommen, die mit der hiesigen Welt nichts zu tun hat. Also zweifelt, verdammt, an eurer Weisheit!«, meinte Nicole pathetisch.

Der Tochter war nicht zu helfen, also konzentrierten meine Mutter und ich uns auf Sebastian. Mein Sohn ging gerade in die 11. Klasse. Er hatte sie in der leichtsinnigen Hoffnung begonnen, endlich alle Fächer abwählen zu können, die ihm nicht gefielen. Eigentlich gefielen ihm mehr oder weniger alle Fächer nicht. Doch alles abwählen ging nicht. Also entschied sich mein Sohn für die Leistungskurse Kunst und Geschichte – mit Blick auf meine Mitarbeit. Ich bekam aber schlechte Noten. Gleich für meinen ersten Aufsatz über die Bedeutung der Mona Lisa, die eigentlich gar nicht schön war, aber trotzdem alle Blicke auf sich zog, bekam ich eine Drei und eine hämische Botschaft vom Kunstlehrer an den Rand meiner Arbeit geschrieben:

»Lieber Sebastian«, schrieb er mir, »deine Ausführungen sind frech, aber im Grunde oberflächlich und banal. Streng dich an, du kannst es besser.«

Das hat mich ziemlich getroffen. Obwohl diese Worte eigentlich nicht an mich, sondern an Sebastian gerichtet waren, hatte ich das Gefühl, der Lehrer wusste, wer den Aufsatz wirklich geschrieben hatte.

»Soll ich Sebastian vielleicht helfen?«, fragte

meine Mutter. Doch auch sie konnte weder beim analytischen Aufsatz über die Auswirkung von Martin Luther auf die Aufklärung behilflich sein, noch die Grundsätze der machiavellischen Politik mit der heutigen Politik vergleichen. Die Schule sei sehr kompliziert geworden, beschwerte sich meine Mutter. Sie kam auch mit schlechten Nachrichten aus ihrem Englischkurs. Die Lehrerin in der Volkshochschule hatte verkündet, dies wäre ihr letztes Unterrichtsjahr, sie gehe in Rente.

»Dabei haben wir eigentlich gerade erst angefangen, diese Sprache zu verstehen«, beschwerte sich meine Mutter. Zurzeit bringt also niemand gute Noten nach Hause. Nobody brings good grades home.

## Richtig übersetzen

Zu Mamas Geburtstag schlug ich vor auszugehen. Das schlage ich jedes Jahr vor, doch auf mich hört sie nicht. Meine Mutter will sich die Rolle der Gastgeberin nicht nehmen lassen. Und auch ihre Gäste sind keine Freunde von Restaurantbesuchen, denn sie wissen sicher: Nirgendwo, in keinem Restaurant der Welt, ist es so gemütlich wie in Mamas Küche.

Die Tradition, zu Hause zu feiern, ist in der älteren Generation tief verankert. In ihrer Heimat, der Sowjetunion, ging man eigentlich nur aus Not im Urlaub ins Restaurant, wenn die eigene Küche zu weit weg war. Aber es gibt noch einen weiteren wichtigen Grund, warum Russen am liebsten zu Hause feiern: Der abschließende Weg vom Tisch zum Bett ist extrem kurz und verlangt keine zusätzliche Überwindung.

So schien es auch dieses Mal zu laufen. Bereits Wochen vor ihrem Geburtstag bereitete sich meine Mutter auf die Feier vor. Sie fragte mich, was man besser als Hauptgericht und was als Vorspeise zubereiten sollte, welche Getränke in welchen Mengen eingekauft werden müssten und mit welcher Füllung sie den Kuchen backen sollte. Doch kurz vor dem Termin hatte sie auf einmal keine Lust mehr.

»Jedes Jahr derselbe Kummer«, beschwerte sie sich. »Es läuft immer nach dem gleichen Muster ab: zwei Tage einkaufen, zwei Tage kochen, zwei Stunden feiern, einen Tag abwaschen und sauber machen. Ich möchte einmal im Leben einen sorglosen Geburtstag haben, ohne Abwasch, dafür mit Speisekarte, damit jeder Gast zufrieden ist und sich selbst sein Essen bestellen kann. Finde bitte ein Restaurant für uns, in dem alle meine Gäste zufrieden sind«, bat mich die Mutter.

Ich überlegte. Die Gäste meiner Mutter waren extrem unterschiedlich. Es gab ein vegetarisches deutsches Ehepaar mit Anspruch auf ewiges Leben, russische Tanten, die grundsätzlich eine kritische Haltung der Welt gegenüber einnahmen, Enkelkinder, die am liebsten große Hamburger mit Pommes frites aßen, und meine Schwiegermutter, die gerne chinesisch essen ging. Eine solche Menge an Geschmacksrichtungen gleichzeitig in einem Restaurant zu befriedigen war fast unmöglich. Wären wir zu den Russen gegangen, hätten die Vegetarier die Arschkarte gezogen. Auch meine Kinder fanden die russische Küche inzwischen zu fett. Beim Italiener wären die Tanten unzufrieden, weil der Italiener aus ihrer Sicht zu kleine Portionen servierte und für einen Haufen grüner Blätter, die nicht einmal Schildkröten für umsonst essen würden, Geld haben wollte. Den Chinesen fanden alle außer der Schwiegermutter zu scharf.

Ich überlegte lange und entschied mich, ein Restaurant zu wählen, das mit Sicherheit keinem in der Runde gefallen würde. Nichts verband die Menschen mehr als gemeinsam geäußerter Unmut. Die Tanten konnten zusammen mit den Kindern schimpfen – der Abend versprach lustig zu werden. Ich bestellte einen Tisch für zwölf Personen im hipsten Laden unseres Bezirks: halb verdunkelt, alte Holztische, kleine Teller, Kerzen, eine Katze auf dem Sofa neben dem Tresen, moderne deutsche Küche, Karottencarpaccio, Rübensalat,

Nachhaltigkeit pur. Alle Kellner trugen Bärte und waren stark tätowiert. Ist doch nicht schlecht, wenn Alt und Jung zusammen auf die modernen Zeiten schimpfen, dachte ich.

Es wurde ein toller Abend. Die russischen Tanten fragten die Kinder, wieso alle Männer Bärte trugen, ob das ein Restaurant der Taliban sei. Eigentlich lagen die Tanten gar nicht so falsch. Ich bin davon überzeugt, dass die flächendeckende Mode, Bärte zu tragen, aus dem Fernsehen kommt. Die Menschen kopieren, was sie sehen. Vieles unbewusst, aus reinem Drang der Nachahmung. Jahrelang wurde ihnen die Bedrohung durch radikale Islamisten in allen Medien, auf allen Fernsehkanälen anhand von immer gleichen Bildern gezeigt: lachende Typen mit guten Zähnen, langen Bärten und Maschinengewehren. Der menschliche Geist neigt zur Verschönerung der Welt, alles Traurige und Abstoßende wird ausgeblendet, das Positive und Lebensbejahende wird gespeichert und bleibt. Also hat die Jugend die ideologischen Inhalte ausgeblendet, den religiösen Eifer, den Hass und die Maschinengewehre. Der Rest blieb erhalten, und dieser Rest war ein cooler Bart. Plötzlich

trugen alle männlichen Models auf den Werbepla-
katen für Männerklamotten Bärte, alle Fahrradfah-
rer hatten Bärte, alle DJs und Filmemacher. Und
der Weihnachtsmann wurde zum Frauenmagne-
ten. Neulich erzählte mir ein Freund von seiner un-
glücklichen Liebesgeschichte: Seine Freundin hatte
ihre Beziehung zu ihm mit dem Satz beendet: »Du
bist wie ein Kind, ich brauche aber endlich einen
richtigen Mann – mit Bart.«

Das konnte ich meiner Mutter nicht erklären.
In ihrer sozialistischen Jugend, als man überall nur
das Gleiche kaufen konnte, versuchten die Menschen mit aller Kraft aufzufallen, jeder wollte sich
vom Nachbarn unterscheiden. Auf dem kapitalistischen Markt aber, der mit einer schier endlosen Vielfalt punkten kann und wo stets suggeriert
wird, wie einmalig und exklusiv jede einzelne Person ist, tragen alle den gleichen Bart.

»Nein«, sagte ich, »das ist kein Taliban-Restau-
rant. Die Rasierer sind in der letzten Zeit unglaublich teuer geworden, deswegen tragen viele Jungs
Bärte.«

Die Hipster waren sehr aufmerksam zu uns, sie
brachten die Speisekarte sogar auf Russisch an den

Tisch. Wahrscheinlich, um die Tanten noch mehr zu verwirren. Wir lasen mit großem Interesse, wie Karottencarpaccio mit Vanilleschaum auf Russisch klang. Die Speisekarte war ganz klar von einem hinterhältigen Computerprogramm übersetzt worden – allzu vieles warf Fragen auf.

»Was ist ein Entenrulett?«, fragten sich die Tanten.

Ich kannte russisches Roulette, aber bei Entenrulett war ich unsicher, ob man dabei schoss und aß. Bei dem Schnitzel stand, das Tier für dieses Gericht sei »human geschlachtet« worden, was auf Russisch unglaublich zynisch klingt und an die Folter früherer Zeiten denken lässt.

Ich glaube, diese automatische Übersetzung, die alle Feinheiten einer Sprache ausschließt, sorgt überall für Heiterkeit. Kein Mensch kann sich so etwas ausdenken. Die Russen selbst haben immer sehr direkt übersetzt. Manche hielten das Lied »Let it be« für den Aufruf, Bienen zu essen, und die Hymne »We are the Champions« für Champignons-Werbung. In den russischen Speisekarten, die ins Englische übersetzt wurden, konnte man geräuchertes Schweine-Language als Empfehlung des Chefkochs finden.

Doch die absoluten Champions des Falschüber-
setzens sind für mich die Amerikaner. Während
unserer Reise nach Miami bekamen wir von der
amerikanischen Reiseleitung jeden Tag Freizeit-
Tipps in einem Deutsch, das sich kein vereidigter
Übersetzer hätte ausdenken können.

»Besuchen Sie unser Restaurant, Sie müssen
Unvorstellbares genießen jeden Abend um 14.00
Uhr«, riet man uns.

Ich wollte nichts Unvorstellbares genießen,
schon gar nicht um 14.00 Uhr. Das wäre mir ein
viel zu früher Abend.

»Ein neuer Tag in der Sonne genießen und langsam gute Laune schieben.«

Meine Frau regte sich wegen der ständigen Ein-
ladungen zum »Genießen« unglaublich auf.

»Wohin«, fragte sie rhetorisch, »wohin soll ich
meine gute Laune denn schieben?«

»Enjoy!«, sagte die Putzfrau, als sie uns eine neue
Rolle Toilettenpapier brachte.

Mehrmals boten die Deutschen in unserer Reisegruppe der amerikanischen Reiseleitung an, ihnen
bei der richtigen Übersetzung zu helfen. Die Amerikaner verzichteten jedoch höflich darauf und

machten brav mit Google weiter. Ich glaube, sie haben es richtig genossen.

Höhepunkt dieser Übersetzungsarbeit war unser Ausflug zum Holocaust-Mahnmal in Miami. Auf dem Flugblatt stand, vor dem Mahnmal würde uns »der Führer persönlich grüßen«. Gemeint war unser Reiseleiter, der uns abholen und zum Bus bringen sollte. Natürlich konnte kein Google von allein auf eine solche Hinterhältigkeit kommen. Das war eine Provokation.

Die Geburtstagsfeier meiner Mutter entwickelte sich dagegen wie geplant: Alt und Jung schimpfen über die modernen Zeiten und über bärtige Hipster, sie witzelten, was wohl als Nächstes in Mode kommen würde. Wir tranken auf das Geburtstagskind, auf ein langes glückliches Leben, auf die Völkerverständigung, auf den Weltfrieden und darauf, dass sich die Erde weiter dreht.

## Das Christkind retten

»Wenn ich Zeitung lese oder fernsehe, denke ich, die Menschen haben keine Chance. Nur ein Wunder kann die Welt noch retten«, meinte meine Mutter trocken.

»Wunder passieren, Mama«, sagte ich.

»Selig sind die, die daran glauben«, lachte sie.

Und dann, kurz vor Weihnachten, passierte doch ein Wunder. Ein Christkind lief uns über den Weg. Es war sehr klein und für den Winter schlecht angezogen, trug Hausschuhe, und seine dunkelblonden Locken waren nass vom Nieselregen. Laut Kalender sollte es auch erst in einer Woche auf die Welt kommen, es war also eine Frühgeburt. Das Kind zitterte, ging aber zielgerichtet durch die Dunkelheit Richtung Schönhauser Allee, wahrscheinlich, um die christliche Botschaft zu verbreiten. Wir holten es ein und riefen: »Hallo, Kind, wo willst du hin?«

»Ich gehe zu meinem Vater, er arbeitet dort«, sagte das Kind und zeigte in die Dunkelheit.

»Der ist bestimmt aus dem Kindergarten entlaufen«, meinte meine Mutter. Bei den »Mauerblümchen« stand das Tor nämlich ständig offen.

Wir nahmen das Kind an beiden Händen und gingen mit ihm zurück. Meine Mutter hatte recht gehabt. Die Kinderbetreuungsstätte »Mauerblümchen« stand offen, und mehrere Blümchen irrten in der Dunkelheit umher, von ihren Omas und Müttern verfolgt. »Sophie, komm sofort zurück!«, »Johannes, mach mich nicht traurig! Komm raus!«, hörte man in der Dunkelheit.

Ich suchte die Erzieherin, um das Christkind zu übergeben. Sie wunderte sich sehr. »Wo warst du denn, David?« David schwieg betreten.

»So«, sagte ich, »das Christkind ist wieder im Stall, wir können nach Hause gehen.«

»Und wieso das?«, fragte meine Mutter mich. »Wieso im Stall?«

Nach einem kurzen Gespräch stellte ich fest, dass meine Mutter die Geschichte mit dem Christkind eigentlich nicht kannte. In einem atheistischen Land geboren und aufgewachsen hatte sie

die christliche Mythologie irgendwie verpasst.
Seit einem Vierteljahrhundert in Deutschland, hat
meine Mutter nie nach deutscher Manier Weihnachten gefeiert. Sie hat keinen Stollen gebacken
und keinen Weihnachtsmarkt besucht.

»Mama! Wir müssen das unbedingt nachholen!
Lass uns zum Weihnachtsmarkt gehen, ich erkläre
dir das Krippenbild«, meinte ich.

Der nächste Tag war ein Sonntag, der letzte
Advent. Draußen hatte es 15 Grad plus, und alle
Meteorologen waren sich einig, es würde in diesem
Jahr keine weißen Weihnachten geben. Die Glüh-
weinverkäufer blieben auf ihrem Punsch sitzen, die
Bürger tranken lieber ein kühles Bier. Meine Mutter freute sich und sagte, sie würde gerne aus dem
Hamsterrad des Alltags aussteigen. Seit Jahren besucht sie immer die gleichen Einrichtungen: Mitt-
wochs fährt sie nach Lichtenberg Englisch lernen,
freitags gehen wir zusammen schwimmen, montags
muss sie zum russischen Lebensmittelladen, Wun-
derfisch kaufen, und einmal im Monat geht sie ins
Konzert.

Wenn die Schwiegermutter zu Besuch kommt,
gehen wir mit der ganzen Familie chinesisch essen

in einem kleinen stilvollen Restaurant, »Erster Vorsitzender« genannt, mit Mao-Porträts an den Wänden und gemalten chinesischen Pionieren, die unter roten Fahnen salutieren. Wir sitzen am Drehtisch, und beide Mütter vertiefen sich in die Vergangenheit, in die Zeit, als die Sowjetunion und China noch große Freunde waren und Rücken an Rücken gegen den amerikanischen Imperialismus kämpften.

»Das war vielleicht eine heiße Zeit«, nickte meine Mutter einmal nachdenklich.

»Das war Kalter Krieg, Oma«, bemerkte das altkluge Enkelkind, das sich in der 11. Klasse für den Leistungskurs Geschichte entschieden hatte und seitdem mit seinen neu erworbenen Kenntnissen prahlte.

»Manchmal ist die heißeste Zeit eines Lebens der Kalte Krieg«, versuchte ich Sebastian aufzuklären.

Doch meine Belehrungen kamen bei ihm nicht an. In der Schule lernten sie anderes, Moderneres.

»Erzähl mir die Geschichte der Sowjetunion in Stichpunkten«, bat mich Sebastian neulich. »Ich muss zu dem Thema eine PowerPoint-Präsentation machen. Ich brauche drei, vier Stichpunkte.«

»Die Sowjetunion ist ein großes Land mit langer Geschichte, man kann sie nicht in Stichpunkten erzählen.«

»Jede Geschichte kann man in Stichpunkten erzählen!«, erwiderte mein Sohn.

Die Jugend hat immer recht. Ich beschloss also, auf dem Weihnachtsmarkt meiner Mutter die Geschichte vom Christkind in Stichpunkten zu erzählen. Dazu brauchten wir am besten ein großes Krippenbild. Zu welchem Weihnachtsmarkt sollten wir gehen?, überlegte ich. In Berlin ist die Anzahl der Märkte schier unübersichtlich geworden. Es gab Hunderte. Unter anderem einen Kunstweihnachtsmarkt, auf dem handgeschnitzte Christkinder und Kreuze verkauft wurden, einen mittelalterlichen, wo Wurst- und Getränkeverkäufer bei jedem Wetter in Sandalen herumliefen, es gab einen proletarischen mit lauter Schlagermusik und Kotzpfützen, es gab sogar einen japanischen Weihnachtsmarkt, auf dem Sushi und Sake statt Wurst und Glühwein serviert wurden. Längst waren diese Orte zu Konsummeilen geworden mit Schießstand und Riesenrad, aber mit Krippenbild? So etwas war nicht mehr zwangsläufig vorhanden.

Uns war hinter dem Alexanderplatz ein großer Skandal-Weihnachtsmarkt mit einem herausragenden Riesenrad aufgefallen, das jedes Jahr in die Schlagzeilen geriet. Anscheinend zog dieses Gerät Perverse und Selbstmörder an. Vor einigen Jahren war ein Exhibitionist darunter gestanden und hatte jedes Mal, wenn eine Kabine vorbeifuhr, seinen Mantel aufgemacht, sodass die Mädchen kreischten. In einem anderen Jahr war ein Lebensmüder von oben heruntergesprungen. Er hatte sich extra eine Kabine mit einem frisch verliebten Pärchen ausgesucht, das ununterbrochen schmuste. Der Mann hat sie sehr freundlich angesprochen, ihnen zu ihrer Liebe gratuliert und ein langes glückliches Zusammensein gewünscht. »Für mich aber ist es Zeit zu gehen«, sagte er, als die Kabine ganz oben angekommen war, stand auf und sprang aus der Gondel. Das Pärchen war eine Weile unter Schock und musste vom Weihnachtsmarktpsychiater behandelt werden.

Zu meiner Erleichterung fanden wir mit Mama auf dem Skandal-Markt das gesuchte Krippenbild. Es war in einen Wurststand integriert. Ich erzählte meine Mutter in Stichpunkten von den drei

Königen, die dem Stern hinterhergelaufen waren, von Maria und wie sie sich gewundert hatte, als sie schwanger geworden war, und von Marias Mann, der seine Vaterschaft anzweifelte. Wie sie gemeinsam beschlossen, das Kind Jesus als Gottes Sohn zu verbuchen, denn irgendwie waren wir ja alle Gottes Kinder.

Weiter wusste ich selbst nicht so genau und musste improvisieren:

Als der kleine Jesus zu predigen begann, stellten sie ihn mit dem Bettchen an die frische Luft in den Stall. Frische Luft ist für Kleinkinder sehr wichtig. Sie wussten: Gott lässt nicht zu, dass sich sein Kind erkältet. Dort im Stall hat der kleine Jesus ein unglaubliches Charisma entwickelt. Er hat die Tiere christianisiert – zuerst den Esel, dann das Schaf, die Kuh und später den ganzen Rest.

»Und was haben die ganzen Würste damit zu tun?«, fragte meine Mutter.

»Gar nichts«, erklärte ich. »Die Würste kamen erst später dazu. Auch die Krippenbilder haben sich mit der Zeit verändert. Sie sind vom Abbild des Glaubens zum Abbild des Konsums geworden. Früher hatten die Heiligen auf den Bildern große Augen und kleine Münder. Die Augen galten als Spiegel der Seele, durch sie konnte Gott ins Innerste der Menschen blicken, der Mund war bloß für die Magenspiegelung zuständig. Doch mit der Entwicklung des Kapitalismus wurden die Münder auf den Bildern immer größer und die Augen immer kleiner.«

»Siehst du, der Welt ist doch nicht mehr zu helfen«, stellte meine Mutter fest.

»Der Welt vielleicht nicht, aber das Christkind haben wir doch gerettet«, fügte ich hinzu.

## Salate machen

In meiner Heimat hatte das geschriebene Wort eine hohe gesellschaftliche Bedeutung. Schriftsteller und Dichter wurden als Träger einer höheren Wahrheit behandelt, und die regierungstreuen unter ihnen wurden mit Orden, Medaillen und Gartenhäuschen ausgezeichnet. Die regierungsuntreuen dagegen isoliert, in den Knast gesteckt, außer Landes verwiesen, gar umgebracht.

Der Staat hatte Angst vor Dichtern, allein schon daran war ihre Wichtigkeit zu erkennen. Alte und Junge, alle schrieben: Die Alten ihre Biografien, die Jungen, kaum hatten sie alle Buchstaben drauf, fingen an, einen Abenteuerroman zu schreiben. Wenn ihnen nichts einfiel, schrieben sie einfach die *Drei Musketiere* nach oder um. Mein Schulfreund Stanislaw brauchte ein Jahr, um die *Drei Musketiere* Seite für Seite in seine Hausaufgabenhefte zu übertragen. Es begeisterte ihn unglaublich, den von ihm heiß geliebten Text in der eigenen krakeligen Handschrift geschrieben zu sehen. Wir schrieben und wir lasen die Nächte durch auf der Suche nach dem wahren Wort. Wir sind in dem Glauben aufgewachsen, dass nur Geschriebenes wahr ist. An Beweisen dafür mangelte es nicht. Unser ganzer Staat war im Grunde aus einem Buch entstanden, aus einer Lehre, einer Theorie, die gerne ein Axiom sein wollte. Und sogar diejenigen, die dieser Lehre nicht trauten, waren überzeugt, dass uns nur eine andere Lehre, ein anderes Buch vor dem falschen Weg bewahren und auf den richtigen bringen könnte. Es ging nur um Wörter – das richtige Buch gegen das falsche. Wir waren bloß Statisten in diesem Krieg der Bücher.

Seitdem hat sich vieles verändert, doch die Suche nach dem richtigen Buch hat nie aufgehört. Die Hoffnung ist noch nicht gestorben, dass es eines Tages jemand schreibt. Ein Buch, das der Weisheit letzter Schluss wäre. In diesem Buch fänden wir alle Antworten auf unsere Fragen, die Lösungen für alle Probleme. Uns bliebe nichts anderes übrig, als dem Geschriebenen zu folgen, die Theorie konsequent in die Realität umzusetzen. Dann könnte uns nichts mehr passieren.

Ein schönes Leben. Ich habe selbst lange Zeit daran geglaubt. So lange, bis ich selbst Schriftsteller wurde. Spätestens ab da wusste ich: Es gibt keine ewig gültige Weisheit, und sogar die besten Bücher werden von Spinnern und Hohlköpfen wie dir und mir gemacht. Sie sind voller Verallgemeinerungen und Druckfehler. Man darf das Geschriebene nicht zu ernst nehmen. Taten zählen, nicht Wörter.

Mehrmals diskutierte ich mit meiner Mutter darüber, sie glaubt nämlich dem Geschriebenen mehr als sich selbst. Sie nimmt jeden Schwachsinn für bare Münze, besonders wenn er in der Zeitung steht. Meine Mutter unterstellt Journalisten nur Gutes.

»Sie haben sich das doch nicht ausgedacht!«, argumentierte sie, wenn ich mein Misstrauen ihrer Zeitung gegenüber äußerte.

»Natürlich nicht, Mama«, bestätigte ich. Ich möchte mich mit meiner Mutter nicht über ihre russischen Zeitungsenten streiten. Ab einem bestimmten Alter, dachte ich, darf ruhig jeder dem geschriebenen Wort vertrauen. Aber ich erschrak, als ich bei meinen Kindern plötzlich diesen naiven Glauben, den uneingeschränkten Respekt dem geschriebenen Wort gegenüber entdeckte. Zum Glück hat es nicht lange gedauert, bis sie verstanden: Man darf die Papierwahrheiten nicht zu wörtlich nehmen.

Die erste Erkenntnis kam mit dem Kochbuch *Frische Salate – gesund und knackig*. Die Kinder haben dieses schöne Buch mit großer Aufmerksamkeit studiert. Die ganze Vielfalt, die Schönheit der Welt konnte man darin finden, wenn auch etwas monoton dargestellt in Form von Salaten eben. Man merkte dem Salatfotografen an, dass er beim Knipsen aufgeregt war, hungrig oder betrunken. Ihm hatte eindeutig die Hand gezittert, denn viele Salate waren unscharf oder aus so geringer Entfernung geknipst, als wäre der Salatfotograf mit der Kamera im Salat eingeschlafen.

Meine Kinder merkten sich die Seiten mit Salaten, die sie gerne zubereiten würden, und fingen an, jeden Abend einen Salat nach den Rezepten zu machen. Einmal, als ich für die Getränke zuständig war und nicht richtig aufpasste, meinte meine

Tochter Nicole plötzlich, für die Zubereitung des sogenannten knackigen Chefsalats brauche sie eine größere Schüssel, am besten einen Topf, denn in eine herkömmliche Salatschüssel würde der knackige Chefsalat nicht passen.

»Die großen Töpfe stehen unterm Herd«, sagte ich, mit der Eröffnung einer Flasche Rotwein voll beschäftigt, statt kurz darüber nachzudenken, warum der Chefsalat eigentlich nicht in die Schüssel passte, in die bisher alle anderen Salate locker hineingepasst hatten.

»Schau, Papa«, sagte meine Tochter nachdenklich, als sie mit der Umsetzung des Rezepts fertig war. »Woran erinnert dich dieser Salat?«

Ich schaute in den Topf. Der Salat erinnerte mich an ein Schwimmbecken, in dem gerade mehrere Grundschulen ihre Seepferdchenprüfung gemacht hatten. Nicole zeigte mir das Rezept aus dem Buch: Dort stand schwarz auf weiß: 375 ml Olivenöl. Meine Tochter hatte sich zwar gewundert, aber sie wusste: Das Geschriebene ist wahr – und leerte die Olivenölflasche in den Topf.

Ich habe für alle Fälle die anderen Rezepte kontrolliert. Außer dem Chefsalat schien alles in Ordnung zu sein. Für die Kinder war es eine wichtige Lehre, dass es keine fertigen Rezepte im Leben gab, man musste stets improvisieren. Während ich die Rezepte kontrollierte, dachte ich an meine Mutter, die vor Kurzem das alte Kochbuch ihrer eigenen Mutter herausgeholt hatte, um uns mit dem alten Rezept für eine längst vergessene Rotkohlsuppe zu überraschen. Im Großmutterkochbuch waren zwei Seiten zusammengeklebt, sodass die Beschreibung der Suppe, wenn man umblätterte, nahtlos in eine Dessertbeschreibung überging. Der Glaube meiner Mutter an das Buch blieb auch dann unerschüttert, als sie las, dass auch noch Erdbeeren in die Rotkohlsuppe gehörten. Sie warf die Erdbeeren in die Suppe – es schmeckte sehr frisch. Die Gäste waren begeistert und feierten das Gericht als großen Fortschritt.

Der Mensch ist schwach. Egal wie wir uns wehren, wir geraten immer wieder in die Buchabhängigkeit. Wir wissen nicht, welche Druckfehler und Rezepte unsere Zukunft bestimmen werden. Am Anfang war eben das Wort, und wir haben dem Autor geglaubt. Jetzt haben wir den Salat.

## Spazieren gehen

Unzufriedenheit gehört zu den Grundstimmungen jedes Menschen. Sie kann laut oder still sein, gesundheitliche, politische, familiäre oder gar nichtige Gründe haben – wie schlechtes Wetter. Es gibt immer etwas zu meckern. Noch öfter können die Menschen sich untereinander nicht ausstehen. Nur der Tod vereinfacht die zwischenmenschlichen Beziehungen. Er erlöst jeden von seinem Kummer, ohne ihn zufriedenzustellen. So wie in der Kremlmauer am Roten Platz Blutsfeinde nebeneinander eingemauert liegen oder an jedem anderen Friedhof oft Verwandte nebeneinander begraben werden, die eine solche Nähe zu Lebzeiten nicht ertragen hätten.

Mein Vater zum Beispiel liegt auf dem vornehmen Jüdischen Friedhof zufälligerweise neben seiner Berliner Namensvetterin, die er zu Lebzeiten jahrelang mit Anrufen belästigt hatte. Eines Tages hatte mein Vater nichts zu tun, schlug das Telefonbuch auf und fand unter »Kaminer« eine einzige Eintragung neben der unseren. Er rief sofort an, um eine mögliche Verwandtschaft herauszufinden. Die alte Dame hatte keine Lust auf Gespräche mit Unbekannten und legte auf. Danach rief mein Vater jedes Mal, wenn er sich seine Lieblingsspeise zubereitete, die aus einem Apfel, einem Weizenbrötchen und einem Glas Wodka bestand, die arme Frau Kaminer aus Westberlin an. Sie wäre bestimmt nie gestorben, wenn sie gewusst hätte, dass sie dereinst eine Ewigkeit neben meinem Vater würde verbringen müssen.

Jedes Mal, wenn ich zum Friedhof fahre, um das Grab meines Vaters zu besuchen, kaufe ich zuerst ein Fläschchen Wodka, einen Apfel und ein Brötchen im Lebensmittelgeschäft um die Ecke, um ihm am Grabstein seine Lieblingsmahlzeit zu servieren. So habe ich es in Filmen, aber auch im Leben öfter gesehen. Nach altem Brauch geben die Lebenden ihren Toten lauter Dinge mit auf den Weg, die sie möglicherweise im Jenseits benötigen oder vermissen. Die ägyptischen Pharaos wurden samt ihren Schätzen begraben, die Mongolen legten ihren Kriegern sogar deren Lieblingspferde mit ins Grab. Die Koreaner begraben ihre Toten mit einigen Reiskörnern im Mund. Diese dünne Ration muss reichen, um am anderen Ufer, im Jenseits, anzukommen. Dort können sie dann ihren Reis neu anbauen. Mein Vater hat das Wichtigste eigentlich schon ohne meine Hilfe: seine Namensvetterin neben sich, die er weiter bei Bedarf im Jenseits belästigen kann. Ich bringe ihm nur die fehlenden Teile. Auf diesem vornehmen jüdischen Friedhof lassen die Menschen sonst keine Lebensmittel, auch keine Getränke. Eigentlich lassen sie ihren Freunden und Verwandten gar nichts, höchstens ein paar Blümchen oder Steinchen.

Meine Mutter und meine Tante sind wegen meines heidnischen Benehmens äußerst unzufrieden mit mir. Ich solle sofort den Wodka und das Essen vom Grab entfernen, drängen sie mich jedes Mal. Nach dem dritten Besuch habe ich auch damit aufgehört, um meine Mutter und die Friedhofsangestellten nicht zu ärgern.

»Woher hast du nur einen solch merkwürdigen

Aberglauben?«, wunderte sich meine Mutter. »Die
Toten brauchen doch nichts.«

Doch ich weiß, dass das nicht stimmt. Alle brauchen etwas. Die Toten sogar mehr als die Lebenden. In Moskau in den Neunzigerjahren haben
meine Freunde einmal bei einem tödlich verun-
glückten Geschäftsmann Totenwache gehalten und
ihn auf dem letzten Weg begleitet. Dabei haben
sie ihm natürlich alle Dinge, die er am meisten
schätzte, mit ins Grab gelegt. Seine Autoschlüs-
sel, seine Kreditkarten und sein Mobiltelefon. Am
späten Abend, nach der Trauerfeier, beschlossen
meine Kumpel, den Verstorbenen anzurufen, nur
so – für alle Fälle. Es war besetzt. Auch später und
sogar noch am nächsten Morgen. Der Kerl hatte
wahrscheinlich die ganze Nacht telefoniert.

Ein georgischer Freund erzählte mir, wie er mit
der Familie seinem verstorbenen Onkel half. Die
letzten zehn Jahre seines Lebens hatte der Onkel
nur noch wenige Interessen, er saß auf der Terrasse
und las Zeitung. Besonders hat er sich immer über
das Kreuzworträtsel am Sonntag gefreut. Nach seinem Tod befestigten seine Verwandten einen Briefkasten an seinem Grab und abonnierten seine ge-

liebte Tageszeitung für ihn zehn Jahre im Voraus. Immer wenn mein Freund das Grab seines Onkels besuchte, fand er das sonntägliche Kreuzworträtsel gelöst.

Der Bruder des Onkels war Musiker, ein sehr guter Geigenspieler. Als er starb, wollte die Witwe ihm unbedingt seine Geige mit auf den Weg geben, damit er sich im Jenseits nicht langweile. Erst als der Sarg unter der Erde verschwunden war, entdeckte sie, dass sie vergessen hatte, den Bogen mit in den Sarg zu legen. Die Witwe war verzweifelt. Es gab nämlich nur sehr wenige Musikstücke für Geige, die man ohne Bogen spielen konnte.

»Bleiben Sie stark«, beruhigten die Nachbarn sie. »Wir kennen jemanden aus unserem Haus, der ist schon ganz schwach, hat nicht länger als zwei Wochen zu leben. Dem geben wir Ihren Bogen mit.«

Oft überlege ich mir, was ich gerne mit ins Grab nehmen würde, abgesehen von den Fotos der Verwandten. Ein gutes Buch vielleicht, das mehrmals gelesen werden kann. Ein Stück Papier und einen Stift, für den Fall, dass mir noch irgendetwas Wichtiges einfällt, was ich zu Lebzeiten vergessen habe aufzuschreiben.

## Autor

Wladimir Kaminer wurde 1967 in Moskau geboren und lebt seit 1990 in Berlin. Er selbst sieht
sich als Weltbürger und sagt, er sei privat Russe,
beruflich deutscher Schriftsteller. Mit seiner Er-
zählsammlung »Russendisko« sowie zahlreichen
weiteren Bestsellern avancierte er zu einem der be-
liebtesten und gefragtesten Autoren Deutschlands.
Alle Bücher von Wladimir Kaminer gibt es auch als
Hörbuch, von ihm selbst gelesen.

Mehr Informationen zum Autor unter
www.wladimirkaminer.de.

*Von Wladimir Kaminer lieferbar:*

Russendisko. Erzählungen • Militärmusik. Roman • Schönhauser Allee. Erzählungen • Die Reise nach Trulala. Erzählungen • Mein deutsches Dschungelbuch. Erzählungen • Ich mache mir Sorgen, Mama. Erzählungen • Karaoke. Erzählungen • Küche totalitär – Das Kochbuch des Sozialismus. Erzählungen • Ich bin kein Berliner – Ein Reiseführer für faule Touristen. Erzählungen • Mein Leben im Schrebergarten. Erzählungen • Salve Papa. Erzählungen • Es gab keinen Sex im Sozialismus. Erzählungen • Meine russischen Nachbarn. Erzählungen • Meine kaukasische Schwiegermutter. Erzählungen • Liebesgrüße aus Deutschland. Erzählungen • Onkel Wanja kommt – Eine Reise durch die Nacht. Erzählungen • Diesseits von Eden – Neues aus dem Garten. Erzählungen • Coole Eltern leben länger. Geschichten vom Erwachsenwerden • Das Leben ist keine Kunst – Geschichten von Künstlerpech und Lebenskünstlern • Meine Mutter, ihre Katze und der Staubsauger – Ein Unruhestand in 33 Geschichten • Goodbye, Moskau – Betrachtungen über Russland • Einige Dinge, die ich über meine Frau weiß. Erzählungen • Ausgerechnet Deutschland. Geschichten unserer neuen Nachbarn • Die Kreuzfahrer. Eine Reise in vier Kapiteln • Liebeserklärungen. Erzählungen • Tolstois Bart und Tschechows Schuhe. Streifzüge durch die russische Literatur • Rotkäppchen raucht auf dem Balkon – und andere Familiengeschichten • Der verlorene Sommer – Deutschland raucht auf dem Balkon. Erzählungen • Die Wellenreiter. Geschichten aus dem neuen Deutschland

Sämtliche Titel sind auch als E-Book erhältlich.

# Mit Witz und Neugier erzählt Wladimir Kaminer von seinen Erlebnissen als Kreuzfahrer.

WLADIMIR KAMINER

*Die Kreuzfahrer*

WUNDERRAUM

Für alle, auf die sich auf humorvolle Lese-Kurztrips begeben wollen.

224 Seiten
Auch als E-Book
erhältlich

# Unsere Leseempfehlung

304 Seiten
Auch als E-Book
erhältlich

Wenn aus Kindern langsam Teenager werden, beginnt für viele Eltern ein Albtraum namens Pubertät. Das muss nicht sein! Wladimir Kaminer und seine Familie stürzen sich munter in dieses Abenteuer aus Facebook-Partys, unsichtbaren Schnurrbärten, Liebeskummer und der Frage, ob man das Haus in einer zerschnittenen Jeans verlassen darf, die kaum noch als Rock durchgehen würde. Die Rebellion im Kinderzimmer ist ohnehin nicht aufzuhalten. Am besten wappnet man sich also mit Gelassenheit und lässt die Kinder auch einfach mal in Ruhe vor sich hin reifen ...